W0203453

Stephan Hermlin
Gesammelte Gedichte

Hanser

Die Gedichte auf den Seiten 7, 19, 21, 28, 40, 50, 64, 67, 68, 72, 77, 78, 83, 86, 90 und 109 wurden mit freundlicher Genehmigung des Verlags Klaus Wagenbach dem Band Stephan Hermlin: Gedichte und Prosa, Quartheft 8, Berlin 1965, entnommen.

ISBN 3-446-12832-8
Alle Rechte vorbehalten
© by Stephan Hermlin
© dieser Ausgabe Carl Hanser Verlag München Wien
Umschlag Klaus Detjen
Satz und Druck: Pustet, Regensburg
Printed in Germany

Die großen Städte

Die Ebene

Auf einer Ebene mit einem Reif-Fluß geronnen,
Wo in die kalten Himmel Rauchfahnen ziehn,
Zwischen verharschten Äckern, starrenden Zonen,
Unablässig vom Krähenschwarm überschrien –

Dort erbauten wir heute im Traume die Städte,
Wälder aus Steinen und Fackeln im gelblichen Licht
Ewigen Nebels, wo in der Verrückten Gebete
Sich die Orgel oder Sirene mischt.

Unsere Stirnen schlugen an Pfeilern sich blutig,
Wo Gespenster mit Nietenhämmern gelacht,
Und ein schielendes Auge beglotzte uns. Glutig
Faulten Blendlichter in einem vergasten Schacht.

Tote Gesichter gaben unter Laternen
Fahl ihre Süchte und ihre Ängste preis.
Aus einem Loch im Nebel fiel von Sternen
Auf uns die Süße des Irrsinns wie kosmisches Eis.

Tieren gleich brüllten aus Kneipen verflucht Grammophone.
In den Kasernenhöfen schlugen den Takt
Schüsse. Es warfen von Brückenbögen Spione
Sich ihrem Wild nach in der Stadt Katarakt.

Ließen wir uns nicht auch in die Wälder versetzen,
Wo unter Schlingpflanzen und dem zaubrischen Flug
Giftfarbner Kolibris Wahnsinn und Entsetzen
Uns aus verdrehten Pupillen entgegenschlug?

Oder dem Acker entblühten glückselige Inseln,
Und wir grüßten Tahitis tönenden Strand –
Doch wir flohen vor Seuchen, brüllendem Winseln,
Als sich Gauguins Madonna am Boden wand.

Darum ließen die nördlichen Meere wir strömen,
Brüllte die Brandung auf dem erschrockenen Feld.
Aber die Wasser wollten die Deiche hinunternehmen
Und die Leute und Masten von Minen gefällt.

Lang schon wollten wir die Legenden befragen,
Wo dem Märtyrer sich die Erlösung zeigt.
Völker trieben vorbei, wie vorm Pfluge sie lagen,
Flankenzitternd, die Stirn zum Boden geneigt.

Da beschlossen wir endlich, alles zu ändern,
Unseren Traum und unsre Wirklichkeit.
Für die Dörfer und Städte in allen Ländern
Hielten wir die leere Ebene bereit.

Aus unsern Händen begannen sich jählings zu leeren
Auf sich duckende Plätze und Straßen erstarrt
Bündel von Flinten und Maschinengewehren,
Und im Wind der Zukunft verstob eine Gegenwart.

Und nun fuhren wir, ein Sturm, in die Straßen,
Und unser Atem hat pfeifend die Nebel geteilt.
Mit den Augen deckten wir Dächer ab. Gassen
Rissen wir weg, über Hochhäusern angeseilt.

An jeder Ecke erschossen wir Hunger und Sterben,
Wahnsinn, Pest und Verrat. Wir reichten der zögernden Hand
Waffen und Bücher. Und gegen das Große Verderben
Schmiedeten wir wie beflügelt den Großen Verband.

Und so bauten aufs neue im Traum wir. Die Städte
Schritten wie Wälder aus Marmor und Licht um uns her.
Ungeheurer Gesang übertönte Gebete.
Glückliche Flotten befuhren gewaltig das Meer.

Auch bei den fernen Brüdern warn wir zu Gaste,
Weilten in leuchtenden Städten, wo Dschungel geraucht
Glühend noch gestern. Und selbst am weitesten Maste
Schlug das Banner des Lebens in Stürme getaucht.

Auf den dröhnenden Feldern der Sang der Traktoren.
Ebenen warteten riesig auf uns überall.
Und der mächtige Tag, im Osten geboren,
Flog aus unserer Hand wie ein feuriger Ball.

(1940)

Ballade von den weitschauenden Augen

Kontinente, da sich scharfschnäblige Vögel
täglich bekriegen
Und gleich Brandern flammender Menschen Geheul
treibt die Flüsse hinab,
Dort wo auf zärtlichen blauen Kinderkadavern
schwärmende Fliegen
Feiern, Epheben im Fest ihrer Locken erblindet
schaufeln ihr Grab,

Die umfasse dein Blick und dein Ohr! Dort erhebt sich
ein tobendes Kreischen:
Zugbremsen vor Selbstmördern, gleich Hunden
auf ölige Schienen geduckt;
Aus der Unendlichkeit kommende, endlos hinreichende Züge
von Leichen,
Lebenden, warten untätiger Hand, von den Blitzen
des Hungers umzuckt –

Siehst du die Sonne versinken hinter den rauchigen
Ländern,
Wo, wie von Köhlern umtanzt, Berge von Weizen
und schmorendem Fett
Qualmen, und wo in den Meeren und schilfigen Wassern
gleich Totengewändern
Milch treibt spiralig – Ophelias Haar in des Sees
tödlichem Bett?

Oft ertönt dort nachts aus den eulengeliebten Wäldern
ein Schreien,
Und auf dem leeren Asphalt lichtloser Städte rasen
gehetzt
Die wahnwitzigen Schritte von Unsichtbaren
(sei es von dreien
Gespenstern) – und gleich ist die Nacht von Sirenen,
den sterbenden Tieren, zerfetzt.

Und auf den kalkigen Mauern liegt immer im lautlosen
Mittag das Gitter
Von den Schatten zum Feuern bereiter Läufe.
Geschehe das Recht!
Trocken punktieren sie dann jenen ewigen Satz mit dem
feigen Gewitter
Der Schüsse – jenes »Hört die Signale! Auf zum
letzten Gefecht!«

Doch hinter breiten Strömen, meersüchtig, und
wilddurchlaufenen Wäldern
Sind dort zwei Augen von Türmen, rubinenbesternten,
auf dich gestellt,
Dort, wo Traktorengeschwader beständig durchpflügen
gigantische Felder
Und im Turbinensturm säen zweihundert Millionen
die morgige Welt.

Jetzt gewahrst du das Antlitz, so klar und so ewig
wie unsere Erde,
Aber du wende dich nur jenen Augen zu, die du von
jeher gekannt,
Und sie wissen von Zweifel und Not und vom Tode,
und deine Beschwerde
Wird schon metallen vom Kreml aus Glockenmündern
genannt.

Und in den Augen ist viel: nicht gesenkt waren sie vor
den Schlägen gewesen,
Als die Knute zaristischer Schergen sie hart vor den Mauern
von Baku befiel,
Und die rote Fahne in Batum – er trug sie voran – als der
knisternde Besen
Von Kosakensäbeln und Kugeln sie strich: »Genossen!
Schon nah ist das Ziel!«

Diese Augen tragen noch heute den nebelnden Schneesturm
sibirischer Weiten,
Als vergeblich die Hunde und Häscher in stürmischer Tundra
den Flüchtling gejagt.
In verschlissener Tasche rieb sich die Kruste des Schwarzbrots
an knisternden Seiten
(Jene »Iskra«, die lautlos durchschmetterten Henkern
die donnernde Wahrheit gesagt).

In den von Hunger und Tod und Verrat überwältigten
schmerzlichen Tagen
Sahen sie goldene Früchte im dürren Geäst. Und der
Raupentraktor
Brach schon im Schlag ihrer Wimpern die Schollen, wo
rostige Gleise lagen,
Von den weißen Banditen gesprengt, stürmten Züge
und Straßen hervor.

Denn in Tälern und fruchtbaren Ebenen vom Pamir herab
durch die orgelnden Wälder
Bis zu einsamsten Völkern, die gehn in des Nordlichts
verzauberndem Schein,
Sind die Tafeln gedeckt zur Freude, Millionen zur Feier
geladen, die Felder
Und dämmernden Hügel warten der Gäste,
glänzend von Brot und Wein.

Und Kanäle tragen bewimpelte Schiffe. In neuen
mächtigen Städten
Ist zur Nacht das lebendige Wort toter Dichter vor Rampen.
Die riesige Kraft
Ferner Staudämme fliegt über Plätze. In Laboratorien
und Werken erretten
Täglich Völker vor Tod und Vergessen sich, aus der
Vergangenheit Haft.

Aber du jenseits der wilddurchlaufenen Wälder
und rollenden Flüsse:
Stellst du den Apparat: füllt das vertraute Gelände
den Raum,
Glocken und Siegesorchester um Mitternacht. Wie durch
unendliche Weiten gerissen
Schaust du die atmende Hauptstadt, das einsame Licht
vom Kreml im Traum.

Hoch ob dem ruhenden Roten Platz ist noch immer entzündet
ein Licht
(Über dem Geisterbild einstiger, ständig erneuter Kolonnen,
bereit
Zum fruchtbringenden Werk, zur Zerschmetterung
des Feindes). Und in dein Gesicht
Richtet voll sich der Blick jener Augen, in den Schein
deiner Einsamkeit.

Und sie haben bereits vor dem Glanz deines Aufblicks
die ruhige Antwort gefunden,
Die du glücklich begreifst, wenn dein sicherer Schritt zurück
in die Städte dich trägt,
Wenn in den Ebenen die Schatten lang werden, die Wärme
des Tages geschwunden,
Ist die Zuversicht wach und die Nacht und dein Herz,
das schlägt.

(1940)

Die toten Städte

I

Hebt sich des Morgens Kühle
Über die träumende Welt,
Ist auf der Hügel Gestühle
Wieder eine Sonne gestellt,
Geistert der Ruf der Hähne
Durchs Fenster um Bett und Spind,
Erwacht die Sirene
Mit dem Dämmerungswind.

Immer ist jetzt hinter Wänden
Stille von Flüstern zerstückt,
Werden uns von feindlichen Händen
Fremde Schatten vor die Füße gerückt.
Ratten pfeifen in Höfen,
Vom Morgengraun überrascht.
Kranke schrein, die in den Öfen
Des Fiebers vom Irrsinn genascht.

Wie aus Tollhäusern Orgeln
Kämen, aus des Tods Bienenstock,
Auf das Geheiß der Erhabnen:
Tausende Vögel Rock.
In den Nachen der Betten
Flüstert Sindbad sich Tröstung zu.
In Kellern in hundert Städten
Spieln die Kindlein Blindekuh.

Und der Geschütze Bellen
Sagt von Ohnmacht und Tod.
In den Trommelfellen
Klopft des Nachbarn Herzensnot.
Plötzlich taumeln die Wände
Betrunken, des Todesweins Rest

Fällt auf kraftlose Hände,
Und die Luft ist aus Mündern gepreßt.

Fledermausgleich sind die ersten
Flüche in die Keller gehängt,
In dieser Stunde, da bersten
Der Armen Zisternen. Bedrängt
Sind die Schwachen von Frage und Drohung,
Von Entschlossenheit gestreift,
In der Unschuldigen Früchten
Ist Bitternis schon gereift.

Senkt sich des Abends Kühle
Auf die traumsüchtige Welt,
Ist auf der Hügel Gestühle
Wolkenschatten gestellt,
Geistert die Klage der Hähne
In der Fiebernden Ruh,
Fliegen die Ungebornen
Dem Asphodelenhain zu.

2

Reiche verfluchten Seelen
Deine zagende Hand,
Laß von ihnen erwählen
Dir ein künftiges Land.
Über Gebirge und Meere
Stürzen wir mit dem Wind,
Wo in versteinerter Leere
Brütend die Städte sind.

Zickzack gleich Fledermäusen
Falln wir in Straßen hinein:
Todes murmelnde Schleusen,
Träume von Blut und Wein.
Alles ist uns überlassen,
Krieg hat die Straßen geleert.

Wie vergessene Urwüsten Gassen
Verdorren, von Stille verzehrt.

Hinter geschwärzten Fassaden
Knirscht unser Schritt im Stein.
Und in den Trümmern baden
Tote im Abendschein.
Verlassen von Blumen und Tieren
Schlägt um uns das Meer
Des Schweigens. Und wir frieren
Und ängstigen uns sehr.

Sonnen, wohin vergangen
Ist euer tönendes Rad?
Von der Schönheit umfangen
Apollinische Saat,
Flöten und marmorne Bilder,
Sterne im Abendbaum,
Lächelnde Mädchen, du milder,
Wohin starbst du, Traum?

Wieviel war uns verheißen!
Tage, Stunden zahllos –
Wildes Glück vor weißen
Segeln im Abendschoß,
Oder drunten die Dörfer
Unter dem sanften Rauch ...
Liebten wir zur Genüge?
Sah uns das Wartende auch

Immer im gleichen Empfangen? –
Ach, wir haben versäumt!
Oder die Hände, die bangen,
Hätten zu Fäusten gebäumt
Unseren Feind geschlagen,
Der unser Erbe verzehrt,
Uns die Zukunft versagen
Will und mit Schmach beschwert.

Aber gemach ihr Herzen!
Schaut eure Hölle ganz,
Eurer kreißenden Schmerzen
Schreienden tobenden Tanz!
Denn ich geleit euch zu Stufen
Tief unter die Städte hin,
Unter der Mitternacht Rufen
Schaut Schläfer und Schläferin!

Dort in den lautlosen Hallen,
Von weißem Licht bespien,
In des Alpdrucks Krallen
Liegen Schläfer und Schläferin.
O kalter Schweiß in den Dünsten
Der Tunnel ölig erstarrt!
Ihr Schlafschreie wie in Brünsten
Aus schiefen Mäulern geknarrt!

Und sie pfeifen wie Ratten
In des Grauens Gespinst,
Zähne knirschen auf glatten
Granit, wenn du dich entsinnst,
Schlaf, vergangner Gestalten –
Weben von Lurch und Reptil,
Formloser Ängste Walten
Im Moor, bei des Irrlichts Spiel.

In die verhexten Gesänge
Schleicht manchmal kichernd und weiß
Das Phantom Sirene,
Hoho! Sie tanzt auf dem Gleis.
Und hundertfach antwortet Brüllen
Aus der Verdammten Hauf,
Und aus den dampfenden Hüllen
Fahrn die Verstörten auf.

Doch dann in den kalten Sälen
Haucht Todesschweigen hin,
Und einmal wieder zerquälen

Sich Schläfer und Schläferin,
Die Kindlein im Traume riechen
Der Morgendämmerung Mohn,
Sie zucken mit den siechen
Gliedern und sind entflohn . . .

Reich den verfluchten Seelen
Deine zagende Hand,
Laß von ihnen erwählen
Dir ein künftiges Land,
Über Gebirge und Meere
Stürze dich mit dem Wind,
Wo in versteinerter Leere
Die toten Städte sind.

(1940–41)

Ballade vom Land der ungesprochenen Worte

Entsinnst du dich, als die Flucht begann
Durch Geröll und Sand,
Wie wir die Sonne vergaßen? – »Wann
Betraten wir jenes Land?« –
Frage nicht, denn ich weiß nicht mehr,
Wann uns der Fluch befiel.
Nur: wir vergaßen uns und das Heer
Der Sterne, der Herden Spiel.

Da traten wir ein ins seltsame Reich
Von dunklen Vögeln. Und dort
Ist ewiger Nebel, ob Straße und Teich,
Ist ewigen Weinens Ort.
Die Langweilewasser falln Tag und Nacht
Über feuchte Felsenwand,
Und bleicher Statuen weißer Blick
Ist uns fremd und von je bekannt.

O wie ist die Wanderung weit
Auf spurenlosem Pfad!
Verlorenes Ziel, vergessene Zeit
Ohne Schnee und gelbe Mahd.
Nur die Stimme der dunklen Vögel manchmal
Der wir träumend gelauscht.
Unter der Wolken endlosem Zug
Sind wir verdammt und berauscht.

Ja berauscht sind wir von vergangenem Tag
Und verdammt zur Einsamkeit
Miteinander. Das Auge rückwärts gewandt
Sieht Lippen vergangener Zeit
(Wie aus Marmor) in unerhörtem Kuß
Vereint – jenes Meer jenen Baum,
Und auf der Zunge verdorrt uns das Wort,
Und die Gegenwart welkt vor dem Traum.

Und wie wir uns im Entzücken gesehn,
Umarmten des Anderen Einst,
Verlorn wir uns lächelnd im Nebel. Doch ich
Wußte daß du weinst.
Und du wußtest ich weine. Doch gingen wir
Wie im Traum den gleichen Pfad,
Wir hörten des Anderen Schritt. Doch taub
War die Frucht der Gebärden. Die Saat

Von Lippen und Augen verharscht verweht,
Ungeboren das drängende Wort.
So zogen weiter ins seltsame Land
Wir auf leerer Straße fort.
Und dies ist das Land, wo kein Wind mehr weht.
Du weißt: dort jenseits das Meer
Ist voll von gescheiterten Schiffen. Der Lärm
Der Stille ist um dich her.

Die grausige Stille von Horizont
Zu Horizont. Und jeder Strauch
Faßt dich mit Dornen, und unbesonnt
Sind die Moore im Mittag auch.
An jedem Kreuzweg Frau Wahnsinn grüßt,
Die bleiche Bettlerin, dich,
Und wir wandern lächelnd im Traum – so vergeß
Ich dich und du vergißt mich . . .

(1941)

Ballade von unserer Zeit
mit einem Aufruf an die Städte der Welt

Hört: unter uns hat sich eine seltsame Stimme erhoben.
Aus den verzweifelten Wäldern des Zwielichts, der Einsamkeit,
Aus den verpesteten Wüsten, die freudlose Stürme durchtoben,
Sagt eine ruhige Stimme beständig: Es ist an der Zeit!
Hört: unter uns hat sich eine seltsame Stimme erhoben!

Denn wir sind von jenem verfluchten Geschlecht, das durchquerte
Unerschrocken auf Brücken von Leichen im Dschungel den Fluß,
Das mit Blicken voller Gleichgültigkeit die durchspeerte
Brust einer jungen Mutter betrachtet und dessen Fuß
Niemals wankte, als auf Kadavern er Flüsse durchquerte.

Und unser Herz schlug weiter in den vergasten Städten.
Als von gespenstischen Dachgärten die Saxophone geweint,
Lächelten wir mit weißen Zähnen. Aus Lazaretten
Hörten wir die zermalmten Tiere: Freund oder Feind,
Und unser Herz schlug weiter in den vergasten Städten.

Hört den beleidigten Schwachen, ihr irdischen Richter, Städte!
Wäre euere Stimme gleich einer Säule erwacht,
Als es Zeit war, in unserer Mitte, jählings – sie hätte
Uns den Vernichtern entrissen und ihrer tierischen Nacht.
Hört den beleidigten Schwachen, ihr irdischen Richter, Städte!

Denn alle Türen stehn offen und hinter jeder der Mord
Mit spinnwebenen Händen und schwarzen Lippen, bereit,
Unsere Säuglinge zu zerschmettern am Pfosten, das Wort
Uns, den Schrei in die Gurgel zurückstoßen – und weit
Stehn alle Türen offen und hinter jeder der Mord.

Seht, unserer Frauen silberne Leiber sind überliefert
Wehrlos der Schande, die sie mit gelben Nägeln zerstückt,
Und unser holdestes Erbe von Geieraugen beziffert
Wird uns aus unseren furchtgeschlagenen Händen gerückt.
Schande ist unserer Frauen silberner Leib überliefert.

Und man lacht unserer Herzen hinter geöffneten Rippen
Mittags auf offenem Markt, wenn die schwarze Sonne versteint
Unser finsteres Blut auf zuckenden staubigen Lippen,
Auf denen nicht das leiseste Schluchzen mehr weint,
Und man lacht unsrer Herzen hinter geöffneten Rippen.

Wie der Staub verweht würden wir sein und unsere Taten
Ganz vergeblich und um vergessen zu werden getan,
Wenn ihr nicht werdet, um was schon so lang wir euch nahten,
Ungeheure! zu Städten, die Sturz und Auferstehn sahn.
Wie der Staub verweht würden wir sein und unsere Taten ...

Hier aus den rattenerfüllten Kellern, gräßlichen Stollen
Brüll ich euch sterbend zu: Errettet uns aus der Haft!
Rettet uns aus dem sanften spitzfingrigen Griffe der tollen
Folterer und vor des Wahnsinns süßem mohnfarbnen Saft,
Hier in den rattenerfüllten Kellern und gräßlichen Stollen!

Macht eure Plätze leer und erwartend und stellt das Entsetzen
Riesig am Horizont auf und laßt einen lautlosen Sturm
Auf euern Schultern liegen – von rauschenden Bannern verletzen,
Imaginären, schreienden, laßt euern mächtigsten Turm!
Macht eure Plätze leer und umstellt euch mit stummem Entsetzen!

Denn seht dort eure Schwestern: der Feind peitscht ihre Fassaden,
Doch die geöffneten Flanken spein Haß. So stehen sie nackt.
Aus einem Wald von Fahnen wehen der Abschüsse Schwaden,
Halten die fleischlosen Kiefer den Feind an der Kehle gepackt –
So sind euere Schwestern: und peitscht auch der Feind die Fassaden!

Darum erwarten wir euch: die Schatten vom Städtegeschlechte.
So sind verschworen wir euerer Zukunft oder dem Fall
In die staubigen Gräber der Nacht. Doch unsere Rechte
Krönt euch mit Zuversicht. Und unsrer Stimme ersterbender Hall
Sagt euch von der Erwartung der Schatten vom Städtegeschlechte.

(1942)

Der Schmerz der Städte

Groß ist der großen Städte Schmerz! Ich rufs, gestehe –
Der schrecklich-weltverändernde! So ich ihn sehe,
Ruf gellend dreimal ich auf unsre Mörder Wehe!

Denn mit den Spitzen ihrer geilen Finger hatten
Sie unsern Baum entlaubt und abgetan den Schatten
Von ihm. Wie unsre Herzen in der Glut ermatten!

Seit damals qualmen blutig unsere Fontänen.
Der Hain liegt vergewaltigt. Am Gestade stöhnen
Die wilden Chöre blindgestochener Sirenen.

Sie lehrten unsre sanften Kinder mördrisch lachen,
Daß ferne bald schon ihre Augen brachen.
Im Lethe stahlbeschattet treibt ihr schwerer Nachen.

Sie zwangen geifernd unsre Frauen zu gebären,
Den Riesen Krieg, den augenlosen, zu ernähren.
Schon leckt die Fackel sinnlos an den vollen Ähren.

Sie hielten hundertfachen Tod in ihrer Hand,
Als sie uns in der Zwinger Fiebernacht verbannt.
Das war, weil wir die Stirn der Freiheit zugewandt.

Der Schlachtmaschine schwarze Achsen sind gefettet
Mit unsrer Söhne Knochenmark. Vom Wein gerötet
Die Hirnschal als Pokal (von einem, jüngst getötet ...)

An einer Bucht, die nie, so scheints, den Wind gekannt,
Liegt eine tote Stadt, von Mauern rings umspannt.
Sie wird die Schädel-Stadt nur überall genannt.

O Tiberschatten, wo ich sommerlich erstaune,
Wann dröhnt dir rächend die befreiende Posaune,
Straft des Cäsarenaffen blutbespritzte Laune?

Du Königin des Aufstands! Unendlichem Leide
Anheimgegeben, Sklavin in des Siegs Geschmeide.
Madrid, der Armen Trost, du im Ruinenkleide ...

Wo unbezähmbar Nacht nach Barrikaden ruft,
Starrt riesig aus Gewitterwolkenkluft
Des Delacroix Vision in tote Sommerluft.

Und was seit langem unveränderlich man nennt,
Erblassend mancher Herr den Proteus nun erkennt:
Der Themsenebel brennt! Es loht das Parlament!

Kadaver, vom Phantom der Rache nur belebt,
Von fahlem Säbelblitz der Horizont durchwebt:
Warschau, auf dessen Sarg der Überwinder bebt.

Auf armem Sand inmitten Seen und kühlem Tann
Liegt meine ferne Stadt, wo all das Leid begann.
Die Seen sind vertrocknet. Nur der Blutquell rann.

Dich, Stolze, nenn zuletzt ich, Liebste, unbekannt,
Doch nicht mit Namen, weil ich dich im Traum benannt
Mit schönstem Namen, dessen alle wir entbrannt.

Oft stand im Traum ich dort an Seiner Pyramide.
Es donnerte der Platz. Du, unter ehernem Lide
Sahst tränenlos das Kampfgefild. Warst niemals müde.

Reiße Gewitter rings um dich aus Horizonten!
Asphalt und braunes Land wirft in die unbesonnten
Monate sich. Schon brechen knirschend Herren-Fronten!

Dein Kampf ist herrlich wie der Mensch! Ich rufs, gestehe –
Der mächtig-weltverändernde! So ich ihn sehe,
Ruf triumphierend ich auf unsre Mörder Wehe!

Bereit bin ich, daß ich für euch von hinnen fahre!
Ich bin nichts mehr vor euch im Blutmarsch dieser Jahre!
Ich bin nichts mehr vor euch: nur Schrei noch und Fanfare!

(1942)

Ballade vom Brüten der Städte im Winter

Vor der bedeutenden Geste des Winters verhalten
Rühren sich Träume im schmerzlichen Acker der Zeit,
Und in den äschernen Furchen der Straßen entfalten
Vor jedem Morgen sich Ruhm und Trostlosigkeit.

O die Städte bedenken sich! Sind wir winterlich müde
Oder verdienen wir uns einen März in gemäßigter Glut?
Wir begruben die blicklosen Toten. Im strömenden Liede
Unsres erschütterten Horizonts haben Taten geruht.

Wie versinken wir unaussprechlich im murmelnden Regen
Und in Betrachtung unsrer gelöschten Laternen im Wind
Und der letzten Grüße banger Gebärden auf Wegen,
Die uns verworren und unbegreiflich nun sind!

Wenn aber aus der harten Stille der Knie
Und dem versiegelten Schoß uns Künftiges raunt –
Welche Möglichkeiten der Deutung! Lockende Mühe,
Wo aus dem dampfenden Felde Aprilblässe staunt.

Tragisch umwitterte Städte! Aus diesem Winter errettet
Keine Zukunft mehr völlig sie! Wieviel Unschuld verging!
Doch sie fühlen sich mehr. In die Erinnerung bettet
Sich ein Gigant, der im Netze der Dämmerung sich fing.

Seine Schläfe ist ohne Erbarmen. Um seine Nüstern
Flackert vergeblich des Bienenflugs goldene Glut.
An seinem Lager wacht unser Traum und es flüstern
Lange gequälte Lippen von Rächen und Blut.

(1942)

Ballade von den Städteverteidigern

Bei den Hirten der Nacht und dem einsamsten Volk der Sirenen,
Wo der Sturm in den Tälern klagt und Delphinenchor süß,
Bis zu Städten im Rauch, die am Rande der Finsternis lehnen,
Die die eiserne Faust ihrer Herrn in Verderbnisse stieß –
Bei den Hirten der Nacht und dem einsamsten Volk der Sirenen

Wird ein Name genannt – vermöchten wir o doch zu geben
Seine Möglichkeiten nur alle euch, Brüdern, im Schatten der Zeit,
Seine Tränen, sein Lächeln: die Neigung in all unser Leben,
Und dann die gigantische Trommel, die nachts nach uns schreit –
Vermöchten wir doch alles dieses euch nur zu geben!

Wie das Lied einer Mutter im Felde im Schatten geborgen,
Wenn die Brust der Traktoren verstummt in der Mitte des Tags,
Wie der Ruf einer Ungesehenen im tauigen Morgen,
Wie Geruch von gärendem Wein und schmelzendem Wachs,
Wie das Lied einer Mutter im Felde im Schatten geborgen –

Wie der Sturm der Hochöfen in maßlose Nachthorizonte,
Wie die eherne Kehle des Asphalts auf donnerndem Platz,
Wie die Sterne des Kreml, die der Nachmittag besonnte,
Wie die unerhörte Tangente der Flieger, der Satz
Der Kantate der Hochöfen dort im Nachthorizonte.

Unvergeßlich, für ewig ist unserem Blut überschrieben
Jene Kurve des Dnjeprostroj dort im Fahnenwald rot,
Unveränderlich ist unser Haß, unser schmerzliches Lieben,
Unvermeidlich ist – fühlt es! – durch unsere Hand euer Tod!
Unvergeßlich, für ewig ist dies unserem Blut überschrieben.

Auch Gesichter gefallener Kämpfer in tönender Heide
Und das Knirschen der Schritte im Frost des karelischen Walds,
Das verstummte Maschinengewehr irgendwo, aus der Seide
Einer taubengrauen Dämmerung schimmert das Salz
Der Gesichter gefallener Kämpfer in tönender Heide.

Immer eingedenk – hört es! – der Bündel giftiger Sonnen,
Die Sebastopol leuchteten, als das Gebirge begann
Seine apokalyptische Wanderung auf die Kolonnen,
Die der feurige Regen der Flammenwerfer berann –
Immer eingedenk – hört es! – der Bündel giftiger Sonnen.

O ihr Tränen! Du Lächeln! Du Neigung in all unser Leben! . . .
Wie ihr euch in uns lagert und unsere Schwäche versucht!
Wie mit blühendem Flügelschlag in uns Träume erbeben!
Wie die angstvolle Hand jäh erwacht zu erschütternder Wucht!
O ihr Tränen! Du Lächeln! Du Neigung in all unser Leben! . . .

(Limoges, 7. November 1942)

Ballade von der Königin Bitterkeit

Sprecht, ihr Stimmen, ich höre euch noch:
Stimmen der Bienen im Wald,
Stimme der Heide im Sonnenglast,
In der Ebenen Gewalt,
Glocken in Städten von Rot und Gold,
Ängste vorm Abendmeer,
Auf der Schwinge der Einsamkeit
Flogt ihr vor mir her.

Spracht ihr mir nicht von Seen bleich
Von dämonischen Nebeln umhaucht?
Wißt ihr noch von dem Park im Mond
Ins Imaginäre getaucht?
Ihr kennt noch die schutzlosen Brücken im Wind,
Von denen ich bebend floh.
O die Meere, die hinter den Wegen sind,
Warum blieb es nicht so . . .

Süße Angst unterm Rätsel des Schwalbenschreis,
Der Terrassen trunkene Flucht.
Tausend Gesichter seit je gekannt,
Die meinen Blick gesucht.
Ihr toten Dichter, die ihr für mich spracht,
Ihr verließt mich, doch ich euch nie.
Ich versank in der Bitterkeiten Meer,
Und ihr hörtet nicht, als ich schrie.

Denn noch immer geht die Sonne auf
Über den Buchten weit,
Und ihr Stimmen alle habt mich versucht
Und ließt mich in Bitterkeit.
Und ich fühle immer fremder den Wind
Und die Ebenen fremd und kalt,
Und eh meine Jugend die Größe bezwang,
Fiel ich in des Alters Gewalt.

Die Kinder entlaufen der schwachen Hand,
Und die Schwalben verachten den Schnee,
Und das Gedicht ist nicht zu Gast
In Babel und Ninive.
Denn alle suchen die lodernde Glut
Von Schmerz und lebendiger Lust,
Doch dir sind die Wege des Sommers verharscht,
Ist im Brand nur die Asche bewußt.

Sieh um dich: du bist nicht allein:
Der Poeten Brüderschaft
Liegt in stinkenden Gossen hingefegt,
Von toten Augen begafft.
Jenes Lächeln unterm Schatten des Blatts
Ins Unsterbliche hingespannt,
Hier findst dus geschminkt in der Kammer eng
Vor der spanischen Wand.

Dein Atem ward kurz, doch künd er den Ruhm
Der Königin Bitterkeit,
Die gewaltig die Lande des Jammers regiert
Auf dem blutroten Throne der Zeit.
Wenn nichts mehr blieb als die Bitterkeit,
Kann die abschiedsmüde Hand
Jäh sich ballen zur Faust. Und den Blick
Setzt der Haß in Brand.

Und mitleidlos in die Laden gelegt
Siehst Sonaten du und das Wort
Toter Dichter. Und aus des Abends Meer
Und Erinnerung gehst du fort
Ohne Tränen und ohne Gedächtnis hin
In die Horizonte der Zeit,
Durch die Lande des Jammers, die mächtig regiert
Die Königin Bitterkeit.

(1942)

Manifest an die Bestürmer der Stadt Stalingrad

Weil diese Nacht so euer Haupt umlohte
Und der Vernichtung eure Stirn sich neigt,
Steig ich mit euch in eure tausend Tode
Und spreche aus, was eure Qual verschweigt:
Ich bin die Müdigkeit, das stumpfe Grauen,
Die Arabeske an der Häuserwand,
Aus meinen Augenhöhlen überschauen
Dämonen schrecklich das beherrschte Land.

Ich bin das Echo auf den weißen Treppen
Im Turme eures Haupts. Wie lang die Nacht ...
Die Schatten eures müden Wahnsinns schleppen
Und wirren sich im Atem dieser Schlacht.
Wie alt seid ihr? Ich mache euch vergessen
Die Kindheit und das Haus, das ferne Lied.
Ihr ahnt verwirrt: mit neuem Maß gemessen
Wird in der Staub-Stadt, die euch an sich zieht.

Die falschen Führer hatten euch berufen,
Daß ihr die Neue Stadt in Asche werft.
Euch ließ nicht zögern dieser holden Stufen
Erhabner Aufschwung. Euer Blick geschärft
Nur tötender Verwandlung trieb Maschinen
Durch Luft und Steppe auf die Bruderstadt.
Ihr atmetet im Kiemenschlag der Minen,
Und stürmend donnerte das Panzerrad.

Und eure Hand riß schrecklich die Gewänder
Von diesem Leib, der sich zum Kampf erhob.
Die Pest des Hasses atmeten die Länder,
In der das Leben euch wie Rauch verstob.
Erbarmungslos wächst ein Geschlecht aus Eisen
Aus Drachensaaten im verbrannten Feld:
Es wird mit Stahl und Dynamit beweisen,
Daß es die Zukunft in den Händen hält.

Nun ihr verfallen seid den Rächer-Städten,
Verröchelnd dort in Schutt, Beton und Draht,
Gemartert auf des Alpdrucks roten Betten –
Im Staub der Dämmrung bin ich euch genaht:
Ich habe euch geschreckt. Nun will ich sprechen.
Ihr schaut mich nackt. Seht rinnen diese Flut
Von Tränen unversiegbar! In den Bächen
Der Sonne läutert herrlich unser Blut

In unsagbarer Landschaft sich! Genossen,
Noch seid ihr Brüder mir! Noch ist ein Weg
Aus Tod und Schande strahlend uns erschlossen!
Zur Brücke weite sich der arme Steg
Dem Schritt der Überwindenden! Die Waffe
Richte sich, wie von selbst, gegen das Haupt
Der Quäler, Mörder, daß sich furchtbar räche
Das Unerhörte, eh der Wald belaubt!

Noch seid ihr Büder mir. Aus *einer* Erde
Wuchs unsre Schuld und unser fernster Traum.
In toter Dichter Hut trag ich Beschwerde
Über des Volkes Schuld vor euch. Im Raum
Der alten Richter ruf ich euch beschwörend.
Wir warten! O ihr meine Brüder weit!
Aus Liebe, aus Verzweiflung wächst verzehrend
Die rote Sehnsucht: die Entschlossenheit.

(Dezember 1942)

Ballade
von der Überwindung der Einsamkeit
in den Großen Städten

Ihr alle, die ihr mit uns in die Großen Städte versanket
Und vom Golde des Abends vor Kathedralen berauscht:
Wenn ihr vom Gifte tödlicher Einsamkeit tranket,
Fühltet ihr einen Schatten, und gleichsam belauscht
Verließet ihr eure Wollust, und eure Gedanken
Fielen ab von Lippen und sterbenden Blüten und Wein,
Und aus den Wäldern eurer Augen begannen zu schwanken
Schwarze Sonnen, Trompeten, und ihr wart nicht mehr allein.

Und gesetzt, die Verwirrung des Abends machte uns reicher,
Als wir damals verfielen dem Zauber unsrer Gefahr,
Und wir fühlten Musik und die blauen Lockungen weicher
Frauen und die Nacht, diese Nacht – und doch war
Eine Stimme, die rief und weinte und siegte. Und Straßen
Waren plötzlich erinnert. Es konnte nicht anders sein,
Und wir waren nicht mehr bereit, uns verlassen zu lassen,
Und schon standen wir auf und waren nicht mehr allein.

Denn wer entsinnt sich unser? O Antlitz gemeisterter Klagen!
Heldische Landschaft, qualvoll aus bitteren Meeren enttaucht,
Wer denn vermag dich in sich zu besiegen, getragen
Von einer Winternacht, die phantastisch die Scheiben behaucht.
Immer wieder bist du: in der Betäubung der Gärten,
In der Sirenen Drohung, im dämmernden Hain,
In einem trostlosen Morgen beginnt unser Herz sich zu härten
Mit dem Stahl der Verpflichtung, und wir sind nicht mehr allein.

Und alles, was uns zu eigen ausschließend und voller Verweigern:
Das Grauen des Dichters, das furchtbare Rätsel Musik,
Die Wolke im Tal, das Zwielicht, das sich zu steigern
Beginnt in unserm Gelände, was sich uns gab und verschwieg,
Wächst in die tiefre Verfassung. Und in den fahlen Gewittern
Der Fahnen und Bajonette stürzt tragisch die Zeit in uns ein,

Und unsere eigene Kraft vermag uns nun jäh zu erschüttern,
Und wir sind nur noch Gewehr und Gefahr und sind nicht mehr
allein.

Denn so sind wir doch gewesen: Gesicht, das alles Ermüden
Gekannt hat und unter dem stählernen Helm erfriert,
Das alle Bindungen losläßt und nur noch den fremden Gebieten
Der späteren Größe sich anschließt und dich und dich noch verliert.
Geliebte gehen wie Schatten. Wir sterben im Feld ohne Tränen.
Das Leben verrinnt. Und wieder beginnt es zu schnein.
Wir kennen uns nicht mehr. Und aus dem tödlichen Sehnen
Weckt uns der eigne Befehl, und wir sind nicht mehr allein.

Und fern sind die machtvollen Brüder. Der Feind ist noch in den
Wäldern.
Sein Brand vernichtet die Stadt. Doch jeder ist Partisan.
Und jeder von uns ist einsam auf den verharschten Feldern,
Vom Morgen bedroht, aus dem uns die letzten Entscheidungen nahn.
Der Feind ist geschlagen. Im Rücken seiner Brigaden
Gehn wir mit ihm zurück. Einsam im Siege noch sein
War unsre Wahl. Mit wildem Willen geladen
Nach der unsäglichen Zukunft nur noch – und nie mehr allein.

(1943)

Ballade von einem Städtebewohner in tiefer Not

Entflammen muß der Sommer bald.
So heißt es. Doch was soll uns dies?
Da uns die wechselnde Gestalt
Des Jahrs nur tiefer stets verstieß.
Denn wer verdiente all dies Leid?
Unser ist Schuld, wir leugnens nicht,
Doch über uns wächst hoch die Zeit,
Verdunkelt schon der Augen Licht,
Schon nachtets auf dem Wege, bricht
Aus Berg, Fontäne, Zweiggewirr.
Durch ungeheure Ewigkeit
Aus tiefer Not schrei ich zu Dir.

Es schauert auf uns Abendrauch,
Sirenen weinen in der Stadt,
Süß schmilzt in uns der Toten Hauch.
Wir hungern noch, doch sie sind satt
Von Aschenbrot und Geistertrank.
In Feuersturm und blauem Eis
Gesunden sie. Doch wir sind krank
Und würgen an des Alpdrucks Speis.
Die Blüte fällt, verdorrt das Reis.
Die Orgel Schmerz dröhnt stets aus mir.
Die Totenuhr in jedem Schrank.
Aus tiefer Not schrei ich zu Dir.

Die Toten all versammelt sind
Zu mir und brechen mit mein Brot.
Ihre Musik geht wie ein Wind
Durch mich. Ich fühle tiefe Not.
Ihr Mohnkuß tröstet meinen Traum,
Im hellen Mittag lockt ihr Mund
Aus Berg, Fontäne, Wolke, Baum:
Folg! Du bist krank. Wir sind gesund –

Nachts bellt zum Monde irr ein Hund.
Wie viele Zeichen! Und nun hier,
Verwirrt, befleckt vom Zeitenschaum,
Aus tiefer Not schrei ich zu Dir.

Vor Domen senkt sich meine Stirn
In graues Traumgetrümmer hin,
Und bleiche Tiefennebel wirrn,
Wo ich im Schutt der Schlösser bin,
Die kleinen Kinder lächeln dort
Und grinsen mit den Zähnlein weiß,
Die Hand verbrannt – wie einen Hort –
Hält noch das Buch, drin knistert leis
Verrauchend Fabel und Geheiß,
Blut zischt darauf wie schwarzes Bier.
Nun ist das Nichts! Erst war das Wort!
Aus tiefer Not schrei ich zu Dir.

Dämmrung im Hain Gethsemane!
Wir sehn die Schläfer um uns her,
Doch ahn ich großes Unglück, seh
Blutiges Schlachten, falsch Gewehr
Gerichtet auf den Bruder hin,
Maschine frißt, was von ihm blieb,
Aus seinen Resten wächst Gewinn
Dem Mörder, dem er sich verschrieb,
Die Mutter, die man erst vertrieb,
Hat man gekreuzigt, holde Zier,
Ihr Kind vernichtet Stich und Hieb.
Aus tiefer Not schrei ich zu Dir.

Mein Volk, nach dem mein Herz verlangt,
Verfällt schlafwandelnd fürchterlich,
Dort wo verkohlter Efeu rankt
Um tote Mauern. Wie verstrich
Die Zeit uns! Ewig währt der Krieg!
In Flammen schreiten wir gehüllt.
O Bruder Tod, erhör uns, wieg
Uns ein, eh sich das Graun erfüllt!

Die jungen Jäger wurden Wild
Des angegriffnen Feindes. Für
Die Henker-Führer zählt der Sieg.
Aus tiefer Not schrei ich zu Dir.

Ich fühle Schmach, schmecke Verrat,
Und Ehre, Treue sind verschrien.
Höchstes Verdienst ist Schergentat.
Liebe, besudelt, bringt Gewinn.
Dichter verscharrt im Morgenwind,
Blut bildet auf zerschoßner Brust
Träume nach, die vergangen sind,
Von kühner Zukunft, Sehnsucht, Lust,
Von dem geahnt, von dem gewußt.
Wenn wir nicht feige, müd sind wir.
Ungläubig unser Blut gerinnt.
Aus tiefer Not schrei ich zu Dir.

Wie mich in meinen Sinnen friert!
Die Brüder, die ich fern gekannt,
Die Toten, die mein Herz regiert
Zu jeder Zeit, sind längst verbannt,
Und Percy, Friedrich, Wolfgang sind
Verschlagen in das große Wehn
Von Bannern, die im weißen Wind
Der Ewigkeiten weit vergehn.
Mein Aug erblindet mir im Spähn.
O daß ich Hoffnung nicht verlier
Auf ihr Reich, in dem ich nicht blind!
Aus tiefer Not schrei ich zu Dir.

Wenn falsche Worte sprach mein Mund,
Mein Herz blieb wahr und wahr mein Mühn.
Der Todeswein bricht reich vom Spund
Und läßt die Blumen all verblühn.
Verlangtem wurden wir entfernt,
Doch Ungesuchtes drängt sich her,
Dein Antlitz hab ich nie verlernt,
Die Aufgabe war mir nicht schwer.

Doch wo ist wer. Ich treib im Meer
Der Not bewältigt wie ein Tier.
In dieser Nacht furchtbar entsternt
Aus tiefer Not schrei ich zu Dir.

Du warst der Blick, der mich nicht ließ,
Sage von Tyrus und Korinth,
Du warst das Wort, das nicht verwies,
Vers bist du, größer als der Wind,
Du bist die Fahne der Partei,
Du bist ein Schweigen in der Schlacht,
Du bist Sonate, bist Wir Zwei,
Magischer Regen Mitternacht.
Bis ich aus bösem Schlaf erwacht,
Auf daß ich finde mich zu mir,
Daß unsre Zeit gekommen sei,
Schrei ich aus tiefer Not zu Dir.

Du bist das weite Land, das trägt
Das Kommende waffengehüllt,
Dem unser Herz stets weiterschlägt,
Wenn sich auch falscher Tod erfüllt.
Du bist der Massen Marsch und Platz,
Du bist die Geste, die beweist,
Du bist geschrien, geraunt der Satz,
Der uns erfaßt, der in uns kreist,
Du bist die Sache, die uns schweißt,
Du warst bei mir, sei nun bei mir,
Gewitter, Licht, gerühmter Schatz –
Aus tiefer Not schrei ich zu Dir!

(1943)

Ballade
von einer sterbenden Stadt

Wer gleich uns auf den Plätzen des Hungers verkehrte
Und betört im Regen der Nacht süßen Ängsten sich gab,
Wem eine Dämmerung die Stirn unheilbar versehrte,
Wen der Zauber Merlins schlug am tönenden Grab,
Er verschweige sich und versuche mit uns zu erkennen
Den so schmerzlich vertrauten Gefährten im Schatten der Welt.
Können wir noch das erschütterte Antlitz benennen,
Das unsern Anfang und das Geheimste hält?
    Kaum seh ich noch dein Gesicht
    Durch diesen Vorhang von Stahl,
    Aus den Ebenen fahl
    Schwindet verdunkelt das Licht.

Unvergängliches Echo im Schatten der Brücken!
Unter den Lidern rollte die purpurne Flut,
Und jede neue Nacht wußte uns zu berücken,
In den Kanälen schmolz das gebändigte Blut.
Unsere Sinne haben für immer verschworen
Sich der Musik und fatalem Glanz des Asphalts,
Und in imaginären Kellern verloren
Kosteten wir verruchter Umarmungen Salz.
    Kaum seh ich noch dein Gesicht
    Durch diesen Vorhang von Stahl,
    Aus den Ebenen fahl
    Schwindet verdunkelt das Licht.

Als wenn unser Marsch noch die Straßen zerbräche,
Stoßen Fassaden schreiende Fahnen hinaus.
Auf der Chöre und Losungen drohender Fläche
Sind wir jählings wie im Tode zu Haus.
Noch zersprengt Betrieb an Betrieb die Alleen,
Gellen Motorenpfeifen Zusammenstoß,
Wieder müssen im Rausch der Gefahr wir verwehen,
Lieben wir unser Leben und lassen es los.

Kaum seh ich noch dein Gesicht
Durch diesen Vorhang von Stahl,
Aus den Ebenen fahl
Schwindet verdunkelt das Licht.

Welkt denn wirklich dein Auge im Schutt der Tränen,
Bröckelt der sehnsuchtslose gehärtete Mund?
Ich errette dich! Auf meinen Stunden lehnen
Unvergänglich Erinnerungen: Und und
Und dieses Licht auf den Dächern! Und dieses Hallen:
Tausend Glocken über der dämmernden Stadt!
Und diese kühlen Himmel, grün und metallen,
Wölben sich über Mensch, Wasser, Stein, Blume und Blatt.
Kaum seh ich noch dein Gesicht
Durch diesen Vorhang von Stahl,
Aus den Ebenen fahl
Schwindet verdunkelt das Licht.

(1943)

Ballade von den Unsichtbar-Sichtbaren in den Großen Städten

Wir haben allenthalben Trübsal; aber wir ängsten uns nicht. Uns ist bang; aber wir verzagen nicht. Wir leiden Verfolgung; aber wir werden nicht verlassen. Wir werden unterdrückt; aber wir kommen nicht um ... Sondern in allen Dingen beweisen wir uns als die Diener Gottes, in großer Geduld, in Trübsalen, in Nöten, in Ängsten, in Schlägen, in Gefängnissen, in Aufruhren, in Arbeit, in Wachen, in Fasten – als die Unbekannten, und doch bekannt; als die Sterbenden, und siehe, wir leben; als die Traurigen, aber allezeit fröhlich; als die Armen, aber die doch viele reich machen; als die nichts innehaben, und doch alles haben.

Paulus an die Korinther

Sage mir doch, als wir durch die Wälder des Grauens
Schritten, medusisch drohten dort die Alleen,
Weißt du noch, wer sich erwehrte des tödlichen Schauens
Blickloser Statuen, die auf uns niedergesehn?

O sie, die Angst auf sich nahmen! In ihrem Schweigen
War das Gebirge, das Licht des Mittags erträgt.
Und wir sahen um ihre Hände steigen,
Sinken Sonnen herrlich und unbewegt.

Ihre Sohlen verlangten nach Dornen, auf ihren Brüsten
Wiesen sie uns das Geheimnis narbiger Schrift,
Und sie kannten der Wasser Verführung in Wüsten
Ihres Alleinseins, das kein Vergleich übertrifft.

Sie, die Seltsamen, die an sich selber nie dachten –
Gab es denn nichts, gar nichts, was uns von ihnen schied?
Als wir die Stimme im brennenden Dornbusch verlachten,
Weilte ihr Wort, ihre Warnung in unserm Gebiet.

Ach, wie frieren wir heute im Schrein der Trompeten!
Da unsre Herzen mit trauernden Bannern bedeckt.
Fremde Kentauren, die unsre Hügel zertreten,
Haben mit Brunst und Zerstörung den Schlaf uns erschreckt.

Sie aber und ihre weltverändernde Frage
Blieben bei uns. O Wunder! Sie glichen so sehr
Uns wie einander die Früchte, ein Tag diesem Tage,
In ihrer Stimme wehn Glocken, Gewitter und Meer.

Und sie sagten, sie wären bei uns. Sie verschwiegen
Manchmal ihr Bei-uns-sein. Doch immer waren sie da.
Oft hatten sie der Erwartung Halden durchstiegen,
Und ihr Atem ging schwer. Doch das Ziel war schon nah.

Städten voll schöner Drohung, kühlen Palästen
Und den Brunnen entwuchs ihre Zuversicht,
Und das Vergangne bereicherte sie, wenn im Westen
Haine und Landstraßen schmolzen im strömenden Licht.

Breite der Dörfer erkannt und den Rost am Pfluge
Hatte ihr Finger berührt. In des Domgestühls Wind
Waren sie mit den Betern. Sie kannten am Fluge
Dämmernder Schwalben, wohin die Stunde verrinnt.

Ihrer Gesichter sind viele, doch immer das eine.
Wie die Erde sind sie oder der wandernde Strom.
Ihre Stummheit, ihr Reden fallen wie Steine
Schwer in den Schacht unseres Seins seit Memphis und Rom.

Liebe sind sie und Haß, der Schatten von Schilden,
Völker, Verzückung, trunkene Schleier der Nacht,
Worte, die sich versuchen im Wind von Gefilden,
Wenn der Falter des Morgens zum Fluge erwacht,

Zahl, die beweist, und Formel, Zeichen, Tabelle,
Unerhörtes Raunen geheimster Musik.
Magisches Bild, ganz schleierlos an unsrer Schwelle,
Mund, o blutender, du der sich gab und verschwieg . . .

(1944)

Paris

Stadt vor den Wolken, Stadt an den Mittagshängen
Unsrer Erfahrung gebreitet, rufst du uns zu:
Rühmen sollt ihr!? Läßt sich denn nicht mehr verdrängen
Schwellend, betörend der Abend der Porte St. Cloud?

Schiff und Tiefseelandschaft nannte dich immer
Eine Stimme; es trieben auf dem Kanal
Flammend die Blumen des Öls im Laternenschimmer
Nachtwärts, meerwärts zwischen den Toten fatal.

Keiner vermag sich jemals mehr von dir zu wenden,
Wenn ihn Gérards schwarzer Blick an infamen Ecken gegrüßt
Auf den Boulevards fernes Winken von magischen Händen:
Hielt ich euch je ... Hab ich für euch gebüßt ...

In einer Nacht erwachtest du: auf deinen Türmen
Ritt ein Gespenst, mit gelben Fahnen behängt.
Um deinen Horizont eine Mauer von Stürmen
Hat dich im eisigen Dunkel brüllend umdrängt.

Rot mit den roten Flüssen hinab rollten die Zeiten,
Und du starrtest auf das gepanzerte Knie
Der Eroberer, die deine Stärke befreiten,
Und es schmolz der Nebel über der Ile St. Louis.

Wie ein Tier, das, von feindlichem Zahne geschlagen,
Sich um die Wunde legend den Morgen gewann,
Hast du dein Leid kalt wie eine Waffe getragen,
Und um Mitternacht klagte der Panzer der Jeanne.

Und auf Belleville, wenn die Uhren abendlich mahnen,
Liegt es wie Schatten schräg, wenn die Stunde verrinnt,
Finsternisse von Fäusten und riesigen Fahnen,
Wo schon lautlos die Schlacht von morgen beginnt.

Schatten sind in den Kugellöchern der Mauern,
Schatten Bellevilles und Schatten von St. Antoine.
Schon weint die Untreue auf in des Frühlichtes Schauern.
Dreimal krähte zerreißend der gallische Hahn.

(1944)

Ballade für die guten Leute Auf allen Märkten zu singen

Die Stadt wird lauter Schrein und Qualm,
Im Moor irrn hold die Toten um,
Es fauln im Meere Barsch und Salm,
Die Galgen schmücken Hügel stumm.
Kupferne Engel singen grell
Am Weiher nachts. Ums leere Haus
Der Kettenhunde Angstgebell.
Dem Werwolf brecht die Zähne aus!

Viele sind wir, er ist allein.
Er hat die Herden uns versehrt,
Er schlug das weiche Kind am Rain,
Hat nachts die Ställe uns geleert.
Die letzte Scheuer brennt im Dorf,
Und gräßlich hält er seinen Schmaus.
Die Knöchlein leuchten weiß im Torf.
Dem Werwolf brecht die Zähne aus!

Er ist allein, viele sind wir.
Die Not warf sich in meinen Arm,
Fremd seh ich Pflanze, Stein und Tier,
Mein Herz verdorrt in Haß und Harm.
In Spiegeln seh ich mein Gesicht:
Ein Lächeln eitert mir am Mund.
Den Werwolf schleift zum Hochgericht!
Schlagt tot! Das tu ich euch nun kund.

Zu lang schon geht er bei uns um.
Was hat er weh! aus mir gemacht!
Verworren liegt mein Eigentum.
Es lodert die verlorne Schlacht.
Des Werwolfs Zeichen an der Tür.
Er wuchert gern mit unserm Pfund.

Reißt nur die Waffe schnell herfür:
Schlagt tot! Das tu ich euch nun kund.

Im Feld liegt grau die junge Mahd,
Zerspellt ist bald der letzte Turm,
Gebein kracht dumpf am schwarzen Rad.
Fallt auf ihn wie der Wintersturm!
Nur Schrecken wird des Schreckens Herr!
O bittre Liebe! Süßer Haß!
Hört nicht der Feiglinge Geplärr!
Gemessen sei mit gutem Maß!

Für Werwölfe stirbt es sich schwer,
Doch besser lebts sich ohne sie.
Im guten Kampf war feig das Heer,
Stets frisch die Erd am krummen Knie.
Aus der Verwirrung werdet klar:
Auf Wahrsager ist kein Verlaß!
Die Not streicht bleich mein junges Haar.
Gemessen seit mit gutem Maß!

Nehmt Sensen, Flinten von der Wand.
Joß Fritz geht um im Odenwald,
Der Störtebeker geht durchs Land,
Zeigt uns sein Antlitz blutigkalt.
Man sagt, der Münzer zeige sich.
(Ich weiß es: ich sang süßer einst.)
Mein Vers sei weiß wie Messerstich,
Damit du, Deutschland, nicht mehr weinst.

Den Werwolf, der die Bücher brennt,
Der Unschuld würgt mit Feur und Gas,
Den Werwolf, der den Freund berennt,
Der unsre sanften Kinder fraß
(Er nahm uns Scheer und Stauffenberg) –
Schlagt tot! Wenn du dich uns vereinst,
Deutschland, dann wird noch gut das Werk,
Damit du, Deutschland, nicht mehr weinst.

Zerhaut den falschen Mummenschanz!
Schwarz gehn die Türen auf im Haus.
Die Stalinorgel spielt zum Tanz,
Dem Werwolf brecht die Zähne aus.
Die Speise Liebe würzt mit Haß!
(O Unschuld, du sangst süßer einst . . .)
Gemessen seit mit gutem Maß,
Damit du, Deutschland, nicht mehr weinst.

(1945)

Ballade
von den alten und neuen Worten

Ich weiß, daß sie nicht mehr genügen,
Weil die Erde mich noch trägt,
Weil die alten Worte lügen,
Weil der Unschuld die Stunde schlägt,
Ich weiß, daß sie nicht mehr genügen.

Genügen können nicht mehr die Worte,
Die mir eine Nacht verrät,
Die beflügelte Magierkohorte,
Wie vom Rauch der Dämonen umdreht,
Genügen können nicht mehr die Worte.

Daß an meinen Worten ich leide!
Und die Worte waren schön . . .
Meine Worte waren wie beide,
Tag und Nacht, wenn sie beide vergehn.
Daß an meinen Worten ich leide!

Drum gebt mir eine neue Sprache!
Ich geb euch die meine her.
Sie sei Gewitter, Verheißung, Rache,
Wie ein Fluß, ein Pflug, ein Gewehr.
Drum gebt mir eine neue Sprache!

Über die Sprache will ich verfügen
Wie über mein Hemd, meine Hand,
Über Wasser in vollen Zügen,
Wie über das Herz mein Land.
Über die Sprache will ich verfügen.

Eine neue Sprache sollt ihr mir geben,
Wie Wetter im Stollen kracht,
Wie die Dünen in mein Auge sich heben,
Schwarzes Blut an den Flanken der Nacht.
Eine neue Sprache sollt ihr mir geben.

Ich will eine neue Sprache,
Wie einer, der sein Werkzeug wählt.
Eine neue Sprache für meine Sache,
Die euch tröstet und euch quält.
Ich will eine neue Sprache.

Wie die Schneide des Beils am Nacken,
Wie Lächeln, das ein Messer schnitt
In blutigem Mund, wie die Hacken,
Unter denen der Acker litt.
Wie die Schneide des Beils am Nacken.

Enorm wie die Morgenröten,
Wie Blicke verheißend, fatal,
Wie Verzückungen, die uns töten,
Wie die Schiffe auf dem Kanal,
Enorm wie die Morgenröten.

Ich will euch neue Worte sagen.
Sagt nicht, sie seien euch bekannt.
Man muß mit seinen Worten wagen,
Falschem Lächeln, zerstörender Hand.
Ich will euch neue Worte sagen.

Worte, die wie Städte klingen,
Obgleich man die vergessen muß,
Worte wie Astern, Syringen,
Wie in den Staub ein Kuß,
Worte, die wie Städte klingen.

Wie ein Land ohne Kathedralen,
Karavelle, da die Toten vom Heck
Uns winken. Verborgene Qualen.
Wer nimmt von mir Maidanek . .
Wie ein Land ohne Kathedralen.

Die Schmiede erbleichen beim Schmieden.
Die Schäfer vergehn bei der Schur.
Die Sonne liegt schwarz auf den Rieden.

Wer nimmt von mir Oradour . . .
Die Schmiede erbleichen beim Schmieden.

Der Bauer redet im Pflügen
Zum Wind und der antwortet nicht.
Alte Worte können nicht genügen.
Sie erlöschen wie in Kellern ein Licht.
Der Bauer redet beim Pflügen.

Ich will euch Worte sagen
Nachtdunkel und taghell.
Worte, die stoßen, Worte, die tragen,
Worte: hart, sanft, langsam, schnell.
Ich will euch Worte sagen . . .

Worte, Wegbereiter,
Sie können wie Namen sein:
André oder Lechleiter,
Sie schmecken wie Brot und Wein.
Worte, Wegbereiter . . .

Unser Brot gewürzt mit Qualen,
Unser Wein berauschend wie Haß.
Wer soll unsern Wein bezahlen . . .
Am Boden liegt das Glas
Und das Brot gewürzt mit Qualen.

(1945)

Ballade nach zwei vergeblichen Sommern

Man friert in den Großen Städten,
An Pfosten klettert der Reif,
Wenn die Kinder in den Schatten sich retten,
In den Schatten, in der Ratten Gekeif.
Wo die seltsamen Stimmen wandern,
Die Standarten der Tränen wehn,
Begruben wir mit den andern
Zwei Sommer. So laßt es geschehn!

Die Krähen hängen im Winde.
An den Herzen wächst der Schorf.
In Tiefen Blatt und Rinde
Verwittern in Mull und Torf.
Doch knistert elektrisch die Stunde
Und die blassen Stimmen gehn,
Unterm Schnee sprichts aus manchem Munde:
Sag es wieder! Laß es geschehn!

Die Straßen waren verlassen,
Die Schatten vor den Füßen gestaut.
Wir standen auf den Terrassen
Des Schreckens, von der Tiefe umblaut,
Auf den Terrassen verachtet,
Von Schlägen gefleckt mußten wir stehn,
Vom Brombeergesträuch umnachtet
Ließen die Toten alles geschehn.

In den Kaschemmen der Städte,
Wo man leiser zur Vesperzeit spricht,
Wenn die letzte Zigarette
An der speichelnden Lippe verzischt,
Stand man schief zwischen Türen
Und sah, wie die Nebel sich drehn,

Wie die Blicke der Spitzel spüren,
Und die Taten der Nacht geschehn.

Grüne Blitze aus Oleander
Haben unsern Mittag entzückt.
Wenn des Blutes schwarzer Mäander
Das Pflaster der Städte bestickt,
Gekreuzigt von brüllenden Sonnen
Flogen Arme und Münder im Föhn
Der Revolten, von Glorie umronnen,
Laßt sie, laßt sie wieder geschehn!

Laßt sie wieder geschehn in den Gräben
Voll Wegerich und schwarzem Mohn,
Wo Schreie gleich feurigen Stäben
An gestürmten Kasernen lohn
Und splittern, Herzen wie Blüten
In der Brust von Inez und Madeleine,
Die den Morgen der Zukunft behüten,
Unvergleichliche! Laßt sie geschehn!

Schräg auf der unentschiednen
Straße lag der Sieg wie ein Stein,
Unverrückt vor dem kaum vermiednen
Lächeln der Toten. Wein
Und Olive neigte dem Volke
Bei Huesca sich und Almaden.
Wenn der Regen aus der Wolke
Verlangt: laßt ihn geschehn!

Und die Männer aus Löwengruben,
Gesichtslose Flammen, die Hand
Fühlte kalt in den armen Stuben
Das Gewehr hinter der Wand.
Die wandelnden Wälder konnten
Bis zum Horizont nur die Leere sehn.
Auf den feindlich besonnten
Plätzen beganns zu geschehn.

Im blauen Abendstaube,
Von Liedern und Tränen naß,
Wo der Mond wie eine Taube
Uns links auf der Schulter saß,
Partisanenchöre: Gewitter,
Die fahl in den Wäldern stehn,
Süß schmeckte das Brot und bitter
Erinnerung. Laßt es geschehn!

Um die erloschenen Öfen
Rinnt der Stille Geräusch,
Die toten Tänzer in den Höfen
Hängen im Drahtgesträuch.
Blinde Sonnen gespiegelt
In gestirnten Helmen stehn,
Wo an Oder und Elbe beflügelt
Die letzten Gefechte geschehn.

Die Magier singen die neuen Lieder
Auf die alte Melodie,
Die Nacht ist durchrauscht vom Gefieder
Unserer Agonie.
Gaukler und Kartenschläger
Vertauschen auf den Märkten den
Gejagten mit dem Jäger,
Und wir lassen es wieder geschehn.

In den offenen Augen der Toten
Wächst nicht mehr der neue Tag.
Unversehrt suchen schweifende Boten
Die Reste vom früheren Schlag.
Doch der Reigen der Möglichkeiten
Hebt nächtens an sich zu drehn,
Weil die Zeiten nicht weiterschreiten,
Weil die Zeiger im Frost stillstehn.

(1947)

Ballade von den Geliebten in den Großen Städten

Schwört mit mir: nicht verlassen
Wollen wir uns und so gehn.
Nicht mehr können wir uns fassen,
Darum müssen wir verwehn.
In Großen Städten verhangen,
In der Erinnerung Schacht
Geborgen: so seid ihr gegangen
Wie der Rauch der Mitternacht.

Blonde Feuer, Augen ertrunken
In des Todes grüner See,
Eine Liebkosung versunken
Der ich kaum noch widersteh ...
In den Wüsten gefangen
Und im Regen der Schlacht
Bin ich gewesen. Doch ihr seid gegangen
Wie der Rauch der Mitternacht.

Keiner kennt mehr das lautlose Zimmer.
Im Fenster stand der Jugend Turm.
Doch ich weiß mich immer
Versengt in deiner Küsse Sturm,
Verworfen von deiner Wangen
Ewiger Linie. Wer hat gemacht,
Daß wir uns verloren. Aber ich bin gegangen
Wie der Rauch der Mitternacht.

In unsern Straßen verbrannten
Fahnen imaginär.
Wie wir uns zum Meere fanden!
Wehte Musik? Ich weiß nicht mehr ...
Die Worte, die uns mißlangen,
Haben uns reich gemacht.
Und wir sind beide gegangen
Wie der Rauch der Mitternacht.

In gespenstischen Sälen
Weit im einsamsten Wind
Mußten wir uns lieben und quälen.
Und nun weint dein Kind
Allein – Immer werde ich bangen
Um dich. Als ich dann erwacht
Damals – warst du schon gegangen
Wie der Rauch der Mitternacht.

Fremde Stadt, fremde Worte, fremde
Voll von Gefahr, o Leidenschaft.
Fremde Himmel, weit überschwemmte,
Von der Drohung der Sterne gerafft,
Über unsern toten Lidern gefangen
Vernichtet. In eurer Macht . . .
Aber dann bin ich gegangen
Wie der Rauch der Mitternacht.

Schloß im mondenen Haine!
Die mich nicht anhielt,
Friert an einem Steine . . .
Wie wir uns erfühlt!
Keiner von uns hat empfangen,
Keiner hat gewacht . . .
Und du bist gegangen
Wie der Rauch der Mitternacht.

Wind in der Asche Spuren . . .
Wie unser Jubel stäubt!
Halten alle Uhren?
Wer hat uns betäubt?
Du, von mir umfangen,
Blonde Freude entfacht . . .
Doch du bist gegangen
Wie der Rauch der Mitternacht.

Gewässernacht unvergessen,
Dein Lied erinnert mich.
Unser Kuß ungemessen,

Unmeßbar weitet sich:
Saat der Küsse, Verlangen,
Für immer uns gebracht.
Weh! daß ich so schnell gegangen
Wie der Rauch der Mitternacht.

Alle ihr, nun in meinen
Tiefsten Traum gesenkt.
In den Großen Städten euer Weinen
Hat meinen Schlaf bedrängt.
Ewig unser Bangen,
Ewig unsere Acht,
Auch dann noch, wenn wir alle gegangen
Wie der Rauch der Mitternacht.

Epitaph für einen deutschen Soldaten

Am 15. Oktober 1944 sprengte der Stabsfeldwebel Fischer im Abschnitt Lorient ein deutsches Munitionslager und schoß mit Flak in die herbeieilende SS, bis er fiel.

Fallschirme blühn im Himmel weiß wie Gift.
Die Batterie treibt mit des Todes Drift.

Hand, sinnlos an der letzten Panzerfaust ...
Gorgonenlächeln, das im Abend haust.

O fremder Krieg an toter Rosse Strand!
O fremdes Herz versehrt, o fremdes Land!

Land zweier Lieder bis in unser Tal.
Geborstene Ader blau in Ronceval ...

Die Runenträger wolln Europa retten.
In deutscher Nacht rasseln Dämonenketten.

Im Feld sank Bataillon um Bataillon,
Magischer Mohn umspült die Division.

Deutschland, Deutschland, o bitter-süße Speise!
Singt man im Spessart schon die neue Weise?

Endlich einmal schlag *mein* Schuß aus dem Rohr
Gestaltlos wie die Seraphim hervor!

Die unterm Mördermund die Runen tragen,
Wird schreiend nun der Racheengel schlagen.

Viel Länder sah ich. Wie ichs nun versteh!
Ich sage: Freiheit – sie dort: Liberté ...

(1944)

Ballade von der Dame Hoffnung

Herrin des strengen Traumes, der Schafotte
Erhabene Gefährtin, Testament
Der Habenichtse, letztes Lied der Rotte,
Oberstes Scheit, das auf dem Holzstoß brennt,
Name, den jeder tote Mund noch nennt:
Im Qualm der Frühe stehst du an den Türen,
Dort, wo unwärmbar unsre Herzen frieren,
Licht der Beschatteten, aufs Rad gespannt,
Magische Finger, die die Spindel rühren:
Von den Bedrängten Hoffnung bist genannt.

Süßes Phantom im schwarzen Schlangenhag,
Geblendete an nassen Straßenecken,
Wohltätige Ohnmacht nach dem zwölften Schlag,
Feld, das die Schloßen meiner Schmerzen decken,
Schweißtuch der Kreuzgeweihten, Tränenbecken –
Ich bin versehrt und klag dir meine Not:
Gläsern Gespinst, meerblau und abendrot.
Der letzte Halm knistert im Dünensand.
Von jenen, die vertraut nur mit dem Tod,
Von den Bedrängten Hoffnung bist genannt.

Krug für die Dürstenden, erhabne Nahrung,
Schlüssel, der fugenlose Wände sprengt,
Hohes Gemisch aus Ahnung und Erfahrung,
Wahrheit gepfählt, gespießt, gewürgt, gehängt,
Mein Wappen, in dem Lieb und Haß verschränkt,
Bettlerin sehr verachtet an den Toren,
Östliches Licht schrägt auf dem Plan der Horen,
Verwehter Hahnenschrei im Dämmerland,
Stets wiederauferstanden, stets verloren:
Von den Bedrängten Hoffnung bist genannt.

Zueignung

Fürstin der Welt, die unserm Dienst erkoren,
Wüstenversengt, im grünen Eis gefroren,
Gewisse Gegenwart hinter der Wand,
Verbotner Brunnen du, nach dem wir bohren:
Von den Bedrängten Hoffnung bist genannt.

(1947)

Die Vögel und der Test

Sonett

Inmitten der schwierigen Strategie
Der Dichtung, wie ich auch die Worte siebe:
Da war kein Wort, das mir nicht Liebe lieh.
Durch Frost und Flammen trug mich diese Liebe.

Im Ungewissen, unterm scharfen Hiebe
Ungünstiger Winde, wußte ich, daß nie,
Wie immer auch der Schnee der Schmerzen stiebe,
Im Stich mich läßt der Zukunft Prosodie.

Nie reimt sich Liebe auf Beflissenheit,
Und liebend gibt sich Liebe keine Blöße.
Sie scheitert, doch sie meint Gemeinsamkeit.

Geschwisterlich auftretend im Getöse
Der Klassenschlacht erscheint zukünftige Zeit
Mit Bruder Irrtum und mit Schwester Größe . . .

(1956)

Die Milch

Wissenschaftler stellten fest, daß Strontium 90 über die aus radioaktiven Weiden stammende Milch in den menschlichen Organismus gelangt und Leukämie hervorruft.

Ein seltsam Gras wächst auf im grünen Feld.
Ein neuer Regen hat es da benetzt.
Es weiden Herden unterm Wolkenzelt.
Was ist euch, daß ihr euch darob entsetzt?

Hier wächst die Milch heran, die Kinder nährt.
Sie sind kaum da. Doch ihre Zeit ist um.
Einst mütterliche Milch, die sie versehrt,
O du, tückisch durchblüht vom Strontium ...

Wer mit den Seuchen da zu Rate saß,
Ehe mit seiner Raubwelt er versank,
Plante Mißwuchs und Tod in einem Glas

Voll weißer Milch. Die macht Gesunde krank.
Wer hat in Gift gekehrt dich? Wer? Und was?
O Milch unfrommer Denkart, bittrer Trank ...

Sonett nach Michael Drayton

Wenn ich beschloß, dann mußt ich erst beginnen.
Ruh suchend, ging ich fort von meinem Bett.
Wo ich verlor, da sollt ich meist gewinnen.
Hungerverzehrt stand auf ich vom Bankett.
Ich fühl mich fliegen, doch ich möchte gehen.
Tief im Erfassen, handelnd wie ein Narr,
Freudeverzückt mitten in Höllenwehen.
Was ich ganz scheine, dessen bin ich bar.

Unendlich bau ich überm Firmament
Mein Hoffen, kriech im Grunde maulwurfgleich.
Im Überfluß mich große Not verbrennt,
Doch bin im Mangel ich an Sattheit reich.
  Ich habe, doch begehre ungeheuer,
  In eisiger See verbrannt, ertränkt in einem Feuer.

Die Vögel und der Test

Zeitungen melden, daß unter dem Einfluß der Wasserstoffbombenversuche die Zugvögel über der Südsee ihre herkömmlichen Routen ändern.

Von den Savannen übers Tropenmeer
Trieb sie des Leibes Notdurft mit den Winden,
Wie taub und blind, von weit- und altersher,
Um Nahrung und um ein Geäst zu finden.

Nicht Donner hielt sie auf, Taifun nicht, auch
Kein Netz, wenn sie was rief zu großen Flügen,
Strebend nach gleichem Ziel, ein schreiender Rauch,
Auf gleicher Bahn und stets in gleichen Zügen.

Die nicht vor Wasser zagten noch Gewittern
Sahn eines Tags im hohen Mittagslicht
Ein höhres Licht. Das schreckliche Gesicht

Zwang sie von nun an ihren Flug zu ändern.
Da suchten sie nach neuen sanfteren Ländern.
Laßt diese Änderung euer Herz erschüttern . . .

Ballade vom Gefährten Ikarus

In memoriam A. L.

Rosen versteinerten grün im Schreien der Pfauen.
Durch die schwierigen Türen taute Musik.
Aus dem Zwielicht grüßte beginnendes Grauen
Vogelflüge, darin ich fahl mich verstieg.

Maß schon da deiner Wimper Unschuld Maschine,
Hebel, Gestänge im äschernen Hause der Nacht?
Zärtliches schmales Gespenst auf verdunkelter Bühne
Unsrer Verzweiflung, das süß die Ängste bewacht.

Süß unsre Ängste, süß unsre letzte Verwaisung.
Hold war die See dir. Hold noch entblätterter Baum.
In deinen Brauen schmolz eine Sonne Vereisung,
Ruhte die Rache und schlief der bezauberte Raum.

Dämmer vor Nacht. O geruhsam tönende Flöte.
In der Gewitter farbig entflammtem Gesträuch
Wie schlief ich sanft in die unaussagbare Röte
Heidnischen Morgens, in der Stille Geräusch.

Ikarus! Wohin ist deine Stimme gegangen?
Wandert sie klagend in meines Bluts Labyrinth?
Als wir, von falschem Traume lügend umfangen
Endlich erwachten, weinte ferne ein Kind.

Strauchelnder Fuß stand bestürzt auf sterbenden Blüten,
Die gleich Niobes Tränen versehrte das Wachs.
Wird der Archipelagus dein Sterben behüten?
Küßt dich im klirrenden Fjord der weißzahnige Lachs?

Weißt du noch Ikarus . . . Aus dem verbrannten Getriebe
Ging unsre Scham, unser Schweigen in donnernde Flut.
Warum sagtest du mir nicht, daß ich dich liebe?
Wo verlangt nach mir nun dein beruhigtes Blut?

Ikarus! Warte auf uns! In entflammender Schwinge
Trugst du den Wind des Erinnerns in unser Gebiet!
Grüße uns, Stürzender, aus dem entferntesten Ringe,
Hold unserm Auge, das aus den Ebenen flieht!

Ikarus! Warte auf uns! Im Gestirne zu heilen
Hebt uns die steuernde Hand, wo die Höhe befreit.
Feuriger Regen, in dem wir lächelnd verweilen
Auf dem erfüllten Gelände Unendlichkeit . . .

(1944)

Der düstere Tag

(Nach Pieter Breughel)

Wann verwaiste uns jemals zuvor so die Geste der Berge
In ihrem hoffnungslosen und unüberwindlichen Schmerz?
Welche Glut in der trauernden Ferne! Die heimlichen Werke
Ihrer Beschattung sind gänzlich verbannt aus dem Herz

Dieses Geländes, in lastender Größe verzweifelt. Die Leiden
Deines Gezweiges sind unermeßlich du Wald!
Niobe! – Doch von dort hinten aus aufgerissenen Weiten
Des Horizontes strömt unerklärlich Basalt

Eines Leuchtens in uns des besonderen Lichtes. Und einsam
Gehet der Menschen Schritt dort. Und niemals ihr hörbares Wort
Sprach sich so ungehört aus. Und Keine sind mehr gemeinsam.

Warst du nicht ewig – nicht wahr? – in den gläsernen Ort
Dieses Windes gebannt, als die große Stille dich einnahm
Irgendwo in den Masten des Schiffes mit dunkelndem Bord . . .

Die Terrassen von Albi

Vor dieser Brücke und den Bastionen
Lacht Bacchus blind verleugnet Mauern an.
Er ist wie irr. Im gelben Fluß zu wohnen
Biegt rückwärts sich sein Fuß und sucht den Kahn,

Der trägt ihn in die Schluchten, wo das Drohen
Von Kathedrale und Palais erstirbt,
Wo Wälder sich, die ungeheuer-frohen,
Groß um ihn schließen, Mistral um ihn wirbt.

Der wilde Wein begleitend hat gelogen,
Denn dies verging: der Wahn, die Ahnung, Glut
Von fremden Herzen, die man suchte. Flogen
Nicht heut noch wilde Tauben südwärts? Gut

Und übersetzbar sei, Fluß! Abendhell
Wachst du vom kahlen Hügel, Traumkastell!

Nike von Samothrake

Vor uns sind Stufen endlos zu beschreiten.
Wie dieser Marmor unsern Fuß verbraucht!
Wir fühlen Stein uns. Wir vergaßen Weiten
Und Licht in jene weiße Nacht getaucht.

Was stößt uns höher? Unsre Knechtschaft lastet,
Und unser Auge folgt nur diesem Fuß,
Der blutend Marmor tritt. Der niemals rastet,
Der uns erniedrigt, weil er steigen muß.

Nur einmal hebt sich unser Blick: Bereitet
Sich Ungeheures uns? Ist das der Sinn?
Dies also ist es! . . . Unser Tiefstes spreitet
In einem Flügelpaar sich maßlos hin.

Der Treppe großer Schwung bricht in uns ein.
Die Göttin stürmt: Der Sieg wird unser sein!
(Louvre, Paris 1942)

Die Treulosigkeit der Welt

(Nach Pieter Breughel)

Auf allen Straßen weiß ich dich: auf dem flandrischen Felde
Oder im rufeschwirrenden Schatten der Brunnen von Rom.
Überall wo die äußere Kühle das Herz uns umstellte,
Rührt uns dein tragisches Wandeln, verhülltes Phantom.

O du begreifst die schmerzlichen Dornen, die sichtbar man streute.
Kein Entweichen auf dem von Drohungen starrenden Pfad.
Ja du bist unaussprechlich verlassen, den niemand bereute,
Als er unter das Nordlicht der Einsamkeit trat.

Nur der schreckliche Kobold begleitet dich. Raffe nur enger
Um dich den scheidenden Mantel. Die Straße wird mittäglich weit,
Dörfer und Haine entweichen. Du hörst ihre Rufe nicht länger,
Teiche verdunsten im Hauch deiner Untröstbarkeit.

Wenn nun niemand hörte

Wenn nun niemand hörte? Auch das neue Geschlecht nicht,
Mit dem entschlossen du die erschütternde Straße ziehst?
Sei still in dir und befrage dich: Mußt du erst recht nicht
Sagen vom Unsagbaren, das du im Sagbaren siehst?

Keine Zweifel vermögen das Ja zu gefährden,
Und die Gefahr, daß deine Stimme im Rufen vergeht,
Überwältigt empfängst du sie. Denn du weißt: einmal werden
Fernere sein in der Größe, vor denen dein Sagen besteht.

Jedem ward seine Stimme. Die deine, in Nacht zu verkünden
Von diesem Nach-der-Nacht, eilt deinem Wege voraus,
Den du ständig tätig bejahst. Doch deine Worte finden
Auf diesem Wege noch kein bereitetes Haus.

Darum ist deine Nacht fatal. Doch im fahlen Gemäuer
Ringe unendlich mit der gewußten Gestalt.
Singe sie maßlos auf steinigen Weg. Und teuer
Wird da auf einmal Vielen, was Wenigen galt.

Denkmal für einen Himmel

Blauer Rauch. Netz der Einsamkeit.
Faßt die Stille mich an,
Und das wilde Horn eines Morgenrots
Dröhnte wann?

Unergründliches Bild. Totes Geäst,
Darin ich mich verlor.
Echoloser Vogelflug,
Der meinen Traum beschwor.

Du wild-einsamer Strand,
Den ich erschuf,
Endlos in schreiender Stille – sei's!:
Spur von Fuß oder Huf,

Ungeheures Gestad von Kentauren durcheilt.
Türme am Horizont,
Schmerzliche Schiffe unbekannt,
Sturmumwölkt und besonnt.

O Versucher du heiliger Stahl!
Blauhimmel ewig kalt . . .
Aus den Wäldern schwanktest du,
Wardst du in mir Wald.

So war's: wenn du dich sanft verhingst,
Sprachlose Landschaft, Gesicht.
Ungeküßter Kuß. Bewußtloses Bild.
Tödlich blaues Licht.

Sprich nicht zu mir! Ich vergeh
In einem Baum im Gesträuch.
Himmel ihr zwischen Dämmrung und Nacht
Erwart ich euch!

Von Tritonen gegrüßt an der Dichter Grab
Tönte mein Schritt.
Immer gingst du Blauhimmel kalt
In mir mit.

Dröhnender Glanz, du gefährtenlos
Netz der Einsamkeit. Blauer Rauch.
Wo du Taubenfüße umrinnst,
Warte ich auch . . .

Die Erinnerung

Die Erinnerung

I

Terzinen

Die Worte warten. Keiner spricht sie aus:
Auf ihren Lidern eine Handvoll Nacht,
Ihr Haar wärmt Nest und Brut der Wintermaus.

Aus ihrem Säumnis ist mein Traum gemacht,
Mein langer Tag aus ihrer Endlichkeit.
Die Schwalben sind vom Winde überdacht.

Nur sie sind ganz allein im Fluß der Zeit,
Die Uhren schlagen ihre Namen fort,
Vermächtnis, Schwur und Mahnmal ungeweiht.

Der Regen wäscht aus Tafeln Wort um Wort,
Rinnt auf Mont-Valérien und Plötzensee.
Die Schwalben liegen in der Hand des Nord.

Ich weiß noch, wenn ich dann im Dunkel steh:
Den Blick voll Bläue, Hand und Atemzug,
Die Abende von lauem Gold wie Tee.

Die Unerschrockenheit, die sich betrug,
Als sei die nächste Woche schon gewiß,
Die Stadt erfüllt mit Geisterfahnenflug,

Mit Fahnen, die der Wind der Zukunft spliß.
Geknebelt mit Gesängen gingen sie
Dahin. Jetzt schmilzt ihr Fleisch vom Rattenbiß

Sechs Fuß tief in des Wartens Euphorie,
Wenn sich die Regensäulen auf sie lehnen.
Der Schwalbensturz allein vergißt sie nie,

Die langsam treiben unter den Moränen.

2

Triolette

Rauschen die verdunkelten Gefälle,
Blühn erloschner Augen schwarze Rosen.
In des Tiefschlafs Traummetamorphosen
Rauschen die verdunkelten Gefälle
Wie im Fall des Haares Sternenwelle,
Unvergeßlich rauschen Tränenlosen,
Rauschen die verdunkelten Gefälle,
Blühn erloschner Augen schwarze Rosen.

Mondverschwistert will ich für sie wachen,
Singende, von Schüssen überschrien,
Wo die Wolken vor Gestirnen ziehn.
Mondverschwistert will ich für sie wachen,
Netze meine Hand in lauen Lachen.
Namen, Namen schneien auf mich hin.
Mondverschwistert will ich für sie wachen,
Singende, von Schüssen überschrien.

3

Sie sehen einander nicht wieder

Kocht im Saft die Beere,
Werden beisammen wir sein,
Strömen heller die Meere,
Werden beisammen wir sein,
Schwinden die tödlichen Jahre,
Werden beisammen wir sein,
Reisen im Dämmer die Stare,
Werden beisammen wir sein,
Schlägt die Stunde der Schatten,
Werden beisammen wir sein,
Die wir einander hatten,

Werden beisammen dann sein,
Überrasch ich auf deinem Munde
(Beisammen werden wir sein)
Rache- und Liebeskunde,
Werden beisammen wir sein,
War nichts, gar nichts vergebens,
Werden beisammen wir sein,
Auf der Böschung des Lebens
Werden beisammen wir sein.

Im Licht, bei Brot und Wein
Werden beisammen wir sein . . .

*

Doch die Jahre vergingen. Am Abhang des Herzens weiden
Schwarz die Rosse der Stunden. Schon wuchsen verquer
Herbstlich Gehege, die die Wanderer vermeiden,
Fällt aus unerretteten Wäldern ein Schatten her.

Er überweht die Straße. Den staunenden Kindern
Hält er am dunklen Fluß die erschrockenen Augen zu.
Nur die Toten mit dem unbeweglichen Blick aus zwölf Wintern
Liegen in Kies und Geröll in gelassener Ruh.

Im Schatten werden die Worte zurückgenommen,
Die die Redner ersannen. Die Blumen am Bajonett
Welkten dahin. Doch die Toten sind weitergeschwommen
Von der Mähne der Wasser umwogt auf eiligem Brett.

Im Schatten gewogen ward keiner zu leicht befunden.
Unerkannt, unerkannt geht er hin, den jeder kennt.
Wir stöhnen im Traum, wenn böse in unseren Wunden
Von gestern das Heute wie ätzende Säure brennt.

In dieser Nacht werden sie sich nicht schließen
Und übermorgen sollen sie offen stehn.
Ich hör auf die Zeichen, wenn die nächtigen Stunden fließen,
Ich seh auf die Zeichen, die zuzeiten geschehn.

4

Es zögert ein Schritt unterm Fenster.
Ein Lied hängt im wilden Wein.
Wer wartet meiner im Abend?
Was will mir nahe sein?

Es fallen aus den Jahren
Schatten an die Wand.
Das Raunen der Geschichte
Sagt von einem Land . . .

Von einem Land, seinen Küsten,
Seinen Himmeln mit Trübe und Glast
Über Kathedralen und Lorbeer
Und seiner Flagge am Mast.

Du meine Frühe, mein Mittag.
Karges Brot. Zerfallendes Dach.
Schmerzen. Die deinen? Die meinen?
Und unsere, unsere Schmach . . .

Bekannt-unbekannt wie das eigene
Leben. Ferne Stimme, die bricht.
Schon fluten stiller die Buchten
In Poussins dunkelgoldenem Licht.

Land des Liedes, das auf den Schwingen
Des Sieges rheinwärts fuhr.
Die Feuer des Vormarschs brannten
In der Finsternis des La Tour.

Es zögert ein Schritt unterm Fenster,
Er fängt sich im wilden Wein.
Wer wartet meiner im Abend?
Du dort an der Schwelle, tritt ein!

Aber die Tür bleibt geschlossen.
Die Straße ist leer. Es wird Nacht.

Ich lausche. Im Herde lodert
Die vergangene Schlacht.

5

Wenn die Feuer in der Asche sich rühren
Und die Glocken auf den Türmen gehn,
Im Abend an die Türen
Gelehnt beginn ich zu verstehn.
Die Schritte vorm geschlossenen Fenster
Verklingen. Der Platz ist leer.
Jetzt grüßen die süßen Gespenster
Aus den Gardinen her.

Sie bücken sich in den Nischen,
Mit Bildern dunkel verhängt,
Und suchen auf den Tischen,
Wo der Holzwurm die Schrift verschränkt.
Mit Astern in den hellen Händen
Stehn sie um mich wunderbar,
Fangen Schnee aus der Luft und verschwenden
Ihn unschmelzbar in mein Haar.

Sie lauschen unsichtbaren Orchestern
Entgegen um Mitternacht,
Schreiben in den Staub von gestern
Hieroglyphen sacht.
Die Lampen brennen trüber
In ihrem blauen Hauch,
Sie lächeln und nicken drüber
Und ich lächle auch.

Ich kenne all eure Namen
Wie die Linien um meinen Mund,
Wie den Wind in den Zyklamen,
Wie mein ungenütztes Pfund,
Wie die Vergeblichkeiten
Von Erwartung und Frist.

Ich weiß von erlebten Zeiten
Und was zu erleben ist.

Die Hunde greinen im Dämmern.
Jemand hat sie verflucht.
Überall in den Kammern hämmern
Die Schreiner. Schlägelwucht
Füllt die verlaßnen Mansarden.
Stadtwärts droht der Mond,
Schmückt sich mit fahlen Kokarden,
Wo der Schlafwandler wohnt.

Doch ich bin müde behütet.
Ich kenne dich und dich.
Von eurer Botschaft umfriedet
Neigen Brot, Salz und Wasser sich.
Dünste steigen und fallen
Auf die Landstraßen zu.
Bin ich nah euch allen,
Bleibt mir nahe: du und du . . .

6

Blühe, blühe mir näher,
Holdes Abendgesicht.
Grüße im scheidenden Licht
Den erblindenden Späher.

Weißes Antlitz. Wie weiß
Unter dem kalten Mond,
Der die Nacht bewohnt,
Hinzieht auf Sternengleis.

Horch, jemand singt im Traum . . .
Weint mir dein banger Mund
Zu in später Stund
Unterm Mitternachtsbaum?

Ach, ich irre sehr
Im Labyrinth des Erträumten.
Aus dem Versäumten
Rettet uns niemand mehr.

Lege die zu weiße Hand
Tödlich mir aufs Haar.
Nacht schwillt wunderbar
Ins versinkende Land.

Weiter, o weiter,
Klagendes Gesicht.
Verlaß im dämmernden Licht
Deinen Begleiter.

7

Forderung des Tages

Sage, Sprache des Dichters, herber du als Holunder,
Tagstimme, Nachtflöte, unendlicher Flug
Unenträtselter Vögel, verwundendes Wunder,
Sag den Schrei und die Stille, den Durst und den Krug.

Daß erblindet ich schaue, daß im Strom der Toccaten
Betäubt ich vergehe, im Schatten der Schrift,
Machst du. Nimmermehr mag ich deiner entraten,
Bis am schattenden Turme die Lanze mich trifft.

Ich vergehe, vergehe . . . Daß ihr niemals verwindet,
Daß ihr Stachel in euerem Fleische mich nennt,
Daß für ewig sich Reue und Schuld an euch bindet,
Daß der weitesten Völker Qual in euch brennt.

Ich vernehme des Kommenden süßeste Geigen.
Die Oboen der Toten bezaubern mein Blut.
Weiße Städte! Ihr Schwäne der Zukunft! Du Reigen
Gemordeter, nimm mich in deine Hut!

(1945)

8

Die Asche von Birkenau

Leicht wie später Wind, wie die Kühle,
Vorm Regen die Schwalbenbahn,
Wie Gewölk nach getränkter Schwüle,
Wie der Pollen vom Löwenzahn,
Leicht wie der Schnee auf den Lidern der Toten,
Wie ein alter Kinderreihn,
Wie Schmetterlingslast am roten
Mund der Nelke, leicht wie ein
Gericht, das die Kranken essen,
Wenn sie am Sterben sind,
So leicht ist das Vergessen,
Wie Kühle und später Wind ...

*

Wo Tag sich und Nacht verflechten,
Der Rost am Geleise frißt,
Ist die Asche der Gerechten, Ungerächten
Am Mast der Winde gehißt.
Birkenau ohne Birken
Liegt abends ganz allein,
Und die Disteln wirken
Zeichen über den Stein.
Als auf den Feldern von Polen
Die Mittagsdistel erblich,
Hieß die Erde an meinen Sohlen
Entsinne dich ...

*

Schwer wie im Berg das Eisen,
Wie das Schweigen vor dem Entschluß,
Wie der Baumsturz an Nebelschneisen,
Wie auf unsern Lippen der Ruß
Von denen, die man verbrannte,

Schwer wie das letzte Fahrwohl;
Die man ins Gas sandte,
Waren des Lebens voll,
Liebten die Dämmerung, die Liebe,
Den Drosselschlag, waren jung;
Schwer wie vorm Sturm Wolkengeschiebe
Ist die Erinnerung.

*

Doch die sich entsinnen,
Sind da, sind viele, werden mehr.
Kein Mörder wird entrinnen,
Kein Nebel fällt um ihn her.
Wo er den Menschen angreift,
Da wird er gestellt.
Saat von eisernen Sonnen,
Fliegt die Asche über die Welt.
Allen, Alten und Jungen,
Wird die Asche zum Wurf gereicht,
Schwer wie Erinnerungen
Und wie Vergessen leicht.

Die da *Frieden* sagen
Millionenfach,
Werden die Herren verjagen,
Bieten dem Tode Schach,
Die an die Hoffnung glauben,
Sehen die Birken grün,
Wenn die Schatten der Tauben
Über die Asche fliehn:
Lied des Todes, verklungen,
Das jäh dem Leben gleicht:
Schwer wie Erinnerungen
Und wie Vergessen leicht.

(1949)

Die Zeit der Wunder

Die Zeit der Wunder ist vorbei. Hinter den Ecken
Versanken Bogenlampensonnen. Ungenau
Gehen die Uhren, die mit ihrem Schlag uns schrecken,
Und in der Dämmrung sind die Katzen wieder grau.
Die Abendstunde schlägt für Händler und für Helden.
Wie dieser Vers stockt das Herz, und es erstickt der Schrei.
Die Mauerzeichen und die Vogelflüge melden:
Die Jugend ging. Die Zeit der Wunder ist vorbei.

Es war die gute Zeit der Schwüre und der Küsse.
Verborgen warn die Waffen, offen lag der Tod.
Die Schwalben schrien in einem Abend voller Süße.
Man nährte sich von Hoffnung und vergaß das Brot.
Die halben Worte, die im Dunkel sich verfingen,
Waren so unverständlich wie Orakelspruch.
Hörst du es noch: Wenn wir die Zeit der Kirschen singen ...
Ich weiß noch heut der blauen Nebel bittren Ruch.

Ich weiß die tückische Leere noch der Rückzugsstraßen
Und nachtschwarz die Minuten vor dem Drahtverhau.
Der Treue Farben brachen durchs Gewölk der Phrasen.
Zweitausendmal begann das Alphabet mit V.
Und der Bedrohten Rüstung schimmerte von Tränen.
Ich weiß noch, wie im Strom das Boot der Liebe sank.
Ich hab im Ohre noch die Lockung der Sirenen,
Wenn mit dem letzten Wein den Rest der Furcht man trank.

Die Kinder kannten jäh den Sinn der alten Bücher.
Das Messer auf dem Tisch wurde an Worten scharf.
Und Abende zog man sich ins Gesicht wie Tücher,
Wenn man das Stelldichein der Mörder suchte. Darf
Man sich der bittren Racheschwüre noch entsinnen ...
Ich hör im Nachtwind brausen noch den wilden Schwan.
Der Worte Wunden bluten heute nur nach innen.
Die Zeit der Wunder schwand. Die Jahre sind vertan.

(1947)

November 1948

Wo im Dunst die Schneise sich verhüllt,
Steht am Wege des November Bild.

Aster, die an seiner Schläfe stirbt.
Starrt blaß flammend, winkt, verweist und wirbt.

Auf den schwarzen Lippen seiner Wunden
Haben Zorn und Hoffnung sich gefunden.

Wie ich nach der Toten Gleichnis rufen
Will, brichts fahl schon von der Wolken Stufen.

Im Gewoge zieht der Häherschrei,
Wildes Stöhnen, Flüstern treibt vorbei.

Die die Zukunft strahlend vorbereiten,
Treiben blicklos hin mit den Gezeiten.

In die Augen, die noch offen stehn,
Hat November dreißigmal gesehn.

Die einen und die anderen

In Ebenen, die qualmten von Regen,
Im gelben Wüstenglast,
In den Städten nächtlich
Von der Musik der Trauer durchrast,
Standen sie bloßen Hauptes
Vorm Block, an der Wand.
Aber das Geheimnis der einen und andern
War nur ihnen bekannt.

Die Türen des Sommers fallen
Mit fernen Gewittern zu.
Sie kommen mit den Sternen,
Stehn als Schatten vor Bett und Truh.
Mit Gesichtern banal wie das eine,
Das grad in der Menge schwand,
Verkünden ihr Ende sie diesen
Und jenen das Zukunftsland.

Sie sind immer da, wie der harte
Blick des Himmels ist da,
Wie das Rauschen der Stille, das in
Blut und Muschel geschah.
Woher sie auch immer kommen,
Wohin sie auch immer gehn:
Sie sind da, bis die einen erliegen
Und die andern im Lichte stehn.

Da war einer im Dunkel.
Die Städte rauchten von Blut.
Über die einen und andern
Rollte die große Flut.
Er war allein. Er wußte: Wenn sich
Auch für mich kein Befreier fand:
Für die Meinen kommt die Morgenröte,
Und die andern verzehrt der Brand.

Unterm Dach der Donner geborgen,
Die Schläfe weiß von Zorn,
Schlagen sie an die Türen der Zukunft,
Stoßen die Zeiten nach vorn.
Legte sich der Sturm auch in den Ebenen
Neben die Toten. Wenn noch einer stand,
Wußte man: Ihretwegen hat man
Sein Schicksal in der Hand.

Weil die Gräser nach oben wachsen,
Weil die Ramme den Pflasterstein trifft,
Weil im Buch auf splittrigem Tische
Müd das Auge die Wahrheit umschifft,
Weil das Echo dem Ruf erwidert,
Weil der Halm nach der Sichel schreit,
Ist die Nacht für die einen nahe,
Der Tag für die andern nicht weit.

Sitzen die noch auf den Richterstühlen,
Stehn jene zwischen Angel und Tür
Der unentschiedenen Jahre:
Für die schließt der Tag sich, für
Die andern rufen die Hähne,
Für alle fällt im Glas der Sand,
Der ist von den einen Ende,
Von den andern Anfang genannt.

(1949)

Der Tod des Dichters

In memoriam Johannes R. Becher

Nahe schon ist der Herbst, nah ist im Fall der Frucht
Das Verklingen des Lieds, dort wo der Wald erdröhnt
Tief vom Sturz seiner Toten
Und den Stürmen, die südwärts wehn.

Denn bestimmt ist's, daß groß auf sich Verdunkelndes
Schlaf kommt, schattender Hauch, groß wie das Sehnen nach
Stille, wenn nach des Lichtes
Glanz der heftige Tag verstummt.

Sie auch ziehen davon, hin mit den Winden, und
Nächtlich rauscht überm Haupt weissagend Vogelflug,
Doch es leuchtet Verheißung
Dem Verlassenen dort am Weg.

Auch der Völker Entschluß ist es geheimnisvoll,
Sie, die dauernden, schaun überm Gebirg das Licht
Und es hält sie nicht länger,
Die Erschütterten, weil es tagt.

Doch dem Weilenden, der fernhin entschwinden sieht,
Unaufhaltsame, sie, die keine Mühsal schreckt,
Die den Abgrund nicht fürchten
Und die Drohung der Wasser nicht,

Nimmermüde, wohin sie die Bestimmung ruft,
Irrend oft im Gestrüpp ihrer Beladenheit,
Finsternissen entsteigend,
Nie vergessend des alten Traums;

Ihm auch kündigt sich an hellerer Zeiten Bild
Und was lange schon herrlich verheißen ist
Wehet auch durch die Stille
Einer Dämmrung und macht sie schön.

Ach, ihn blendet der Tag strömend mit Sommerlicht,
Und der Atem geht schwer, ringend im Mittagsdampf,
Wenn die feindlichen Stimmen
Schreckverworren vorüberfliehn.

Wolken! Wolken! Zu euch! Furchtbare Gleichnisse!
Aufglanz oben im Licht! Treibend in Lüften ihr!
Angstlos Schöne, zu euch will
Blick und Hauch, daß die Unruh schweigt.

Flüssen nach auf der Bahn eisiger Wasser und
Über Ebenen hin, hallenden Wäldern, weit
Drüben brechen sich Meere
Ungeheuer am schwarzen Fels;

Wo der stählerne Pfeil fliegt vor dem Schall, und wo
Adler stürzen in Nacht, Türme am Horizont
Künden nahenden Sturm, wo
Regen wandert im hellen Raum.

Denn gegeben ist ihm nimmer, nicht dort, nicht hier
Stillung bitteren Zwists. Lang schon, zu lang im Streit
Lieget, im unerhörten,
Mit dem künftigen jeder Tag.

Neues wächst aber fort, so wie die Zeit es will.
Die ist des Darbens müd. Ihn aber ruft es weit.
Was auch ohne ihn blühet
Preist er künftigen Glücks gewiß.

(1958)

Aurora

Der Reigen des achten März

In memoriam
Soja Kosmodemjanskaja
Lilo Hermann
Danielle Casanova

Märznacht, in die sich die Länder gebettet haben,
Voll von Geräuschen: stetig rinnender Sand,
Drohendes Schwirren von Bienenvölkern an Waben,
Schlag der Arterie, Woge an schlafendem Land:
Sanftes Getön, das die Kinder im knisternden Kissen
Einmal verstört wie ein Atem, der lauter zieht,
Daß die Mütter aufsehn und glauben, sie müssen
Jählings die Kerze schirmen vor dem, was geschieht . . .

Das Kind würde leicht fragen:
Mutter, singt da wer? –
Ich kann es nicht sagen,
Es klingt schön und schwer,
Als müsse es schon tagen.

Das Dunkel mit dem Ruch von Nüssen
Wie von Vergangenheit
Ist von Wetterleuchten zerrissen.
Ist der Morgen noch weit?
Ich will den Tag grüßen.

Das Echo der großen Kriege
Schläft unruhig im Raum.
Das Kind in seiner Wiege
Rührt sich im Traum.
Steht wer auf der Stiege?

Oder ist es in den Lüften?
Gewand oder Schwinge rauscht.

Schatten von Brust und Hüften,
Ohr, das die Schläfer belauscht,
Stimme wie aus Grüften ...

Ach, ich höre ein Schreiten,
Schaue viel Frauen blaß,
Blut an Schläfen und Seiten,
Strähnen tränennaß,
Am Herzen das Mal der Zeiten.

Wie nennt sich nur diese Helle,
Die man zu Tode quält?
Beim Ruf der Zukunft zur Stelle
Waren, die das Leben gewählt:
Soja, Lilo, Danielle ...

Führen den großen Reigen
Für den Frieden, die Kinder, für
Die Völker, die nicht mehr schweigen.
Der Morgenwind tritt aus der Tür
Der Nacht, und die Stunden steigen.

Das Dunkel mit dem Ruch von Nüssen
Wie von Vergangenheit
Ist von Wetterleuchten zerrissen,
Von den Geräuschen der neuen Zeit
Und der Zeiten, die sterben müssen.

Und all dieses Rauschen ...
Das Gurren der Hoffnung im Wind ...
Die Frauen, die überall tauschen
Blicke und Grüße, sind
Ein einziges großes Lauschen.

Ein Rauch von weißem Gefieder
Beginnt sich oben zu drehn,
Die Rose der Frühe sinkt nieder.
Wir werden den neuen Mai sehn.
Die Zukunft leuchtet wie Flieder.

Bald blühn die neuen Lauben.
Kühl ist die Frühe wie Erz.
Wie in magischer Kelter Trauben
Bersten bläuliche Wolken von Tauben
Überm Reigen des achten März.

(1949)

Aurora

I

Als mit den Soldaten die Hoffnung
Fror im Novemberwind,
Sprach die Legende lauter
Von drei Königen und dem Kind.
Auf den großen Leichenfeldern
War die Rede von Myrrhen und Gold,
Wer nicht mehr hoffen wollte,
Hat doch glauben gesollt.

Wie es sei mit dem Frieden auf Erden,
Wann käme der Retter denn?
Fragten die Leute. – Das sei
Nicht wörtlich zu verstehn.
Der Krieg ziehe mit den Wolken,
Hinge über den Feldern fahl,
Und sie müßten einander erwürgen,
Bis der Friede käm einmal.

Einer, der es besser wußte,
Wurde schnell fortgebracht,
Mußte am Telefonmast hängen
Noch in dieser Nacht.
Und es fragten die Bauernsoldaten,
Wie es mit dem Boden sei,
Und den feldgrauen Arbeitern warn
Die Betriebe nicht einerlei.

Erst sollten sie den Krieg gewinnen,
Sagte man ihnen. – Nein!
Erwiderten sie, denn die Herren
Werden dann noch stärker sein.
Leuchtkugelschein lag auf den Toten,
Kalt ging durchs Verhau das Wehn,

Da waren kein Kind noch drei Könige,
Aber ein Stern war zu sehn.

Sie wollten über den Krieg abstimmen
Und über das Massengrab.
Die Regimenter zogen nach Hause
Und stimmten mit den Füßen ab.
Mondlicht stand auf Bajonetten
Und weiß auf dem Säbelknauf.
Sie sangen. Und an ihren Mützen
Gingen rote Sterne auf.

2

In dieser Nacht ist der Wind für immer umgeschlagen,
Nichts konnte mehr so sein, wie es bisher gewesen war,
Neu lasen sich die alten Bücher mit ihren Sagen,
Das Verborgene lag offen, und das Unverständliche ward klar.

Es sprachen von den Bolschewiki die Hungernden und Verwirrten,
Leute vom Nordlicht gestriemt oder im Pantherfell,
An verlassenen Meilern raunte es von ihnen, und die Hirten
Priesen den Stern mit Stimmen wie Bergwässer grell.

Man entsann sich der unerfüllten Träume der Toten in den Städten,
Die Seufzer von einst erwachten, zerbissene Lippen vor der Inquisition,
Es rasselte jahrhundertelang der Husten der Gefangenen mit den Ketten,
Der Strom der einsamen Niederlagen schwemmte die Jahre davon.

Um dieser einen Nacht willen ward alle Musik geschrieben,
Um dieser einen Nacht willen ward jeder neue Gedanke gedacht.
Jedes Herz hatte in der Welt seine Heimat. Jeder Verlassene konnte lieben.
Was immer geschehen war, geschah für diese Nacht.

Das Alphabet der Barrikaden war nicht mehr zu vergessen.
Dumpf morsten die Geschütze der Aurora das neue Gesetz.
Von dieser Nacht an ward die Welt mit Lenins Maß gemessen,
Und die Zukunft schrieb an die Türen: Alle Macht den Sowjets!

Wo die gefesselten Herren der Welt bisher in der Asche gekauert,
Dort, wo am kalten Herd trüb die traurige Demut glomm,
War die Dämmerung jäh von Taten und Liedern durchschauert,
Flammte der Stern unter den Dekreten des Sownarkom.

3

Die Tage mit eisernen Schritten
– Jeder sein Monument –
Gingen über das Land, wo ein Kreuzer
Sich nach dem Morgenrot nennt.

Es wohnte bei Arbeitern, Bauern
Riesig der junge Sieg,
Zweimal an den roten Gestaden
Brach sich die Woge Krieg.

Aus der harten Faust des November
Wuchs lächelnd der neue Mai.
Denn am Steuer der Morgenröte
Stand die Partei.

(1950)

Der November ist die Heimat

Es war die Zeit der Kälte und der Kriege,
Die Zeit der Mörder und die Zeit der Lüge.

Die Zeit des Molochs und der Hekatomben,
Die Zeit der Börsen und die Zeit der Bomben.

Die Zeit der Blinden, Tauben und Verwirrten,
Verratner Herden Zeit und falscher Hirten.

Der Herbstwind blies die frühen Lichter aus.
Die Weitverschlagnen, finden sie nach Haus?

Wer hilft den Vielen, die nach Haus sich sehnen?
Im Meerwind lag der bittre Ruch von Tränen.

Der Völker Tod und Täuschung hieß die Zeit.
Sie hieß der Völker Heimatlosigkeit.

*

Doch aus Novemberleere
Brachen und Finsternis
Mit dem Schwall der Gewehre
Von Ochta und Wiborg bis
Zum Smolny die Roten Garden
Durch Straßen, die stählern starrten.
Der Aufstand kann nicht mehr warten,
Sagte er, der das Alte umstieß.

Und zwei Revolutionen
Donnerten ihr: Ich bin!
In die erschütterten Zonen
Der großen Schlachten hin.
Im Gewitter der Städte
Flogen die neuen Dekrete
Am Nagel der Bajonette
Und darunter stand: Lenin ...

Es stürmten die Kommunisten
Das Land, das Gebirge, die See.
Es nahmen die Rotgardisten
Die Fabrik, das Korn und den Klee.
Daß sich das Dunkel lichte,
Nahms Geometrie und Gedichte,
Das Volk nahm seine Geschichte
Ein mit dem Winterpalais.

Da griff nach künftigen Zeiten
Soldaten- und Arbeiterhand,
Nach stählerner Riesen Schreiten,
Nach Blüten im Wüstenbrand.
Jahrtausend der Ängste und Wunden ...
Da ward in berstenden Stunden
Das neue Land gefunden,
Der Völker Vaterland.

Dort schrieb ins Pflaster der Toten
Blut den großen Plan
Neuer Städte, die mit den roten
Kolonnen der Gegenwart nahn,
Den Plan des Brots, der Kanäle.
Schon brach der Nationen Welle
Mit der neuen Flüsse Gefälle
In die langverheißene Bahn.

Überall, wo die Völker darben
Und man sie von der Heimat trennt,
Wo neben des Vaterlands Farben
Eine rote Fahne brennt,
Wo die Völker zum Sturm vorstoßen,
Wo Kontinente ertosen,
Stürmen wieder die Kronstadt-Matrosen
Und das Kexholmer Regiment.

(1952)

Der Kongreß der Völker

(Wien, 1952)

So kann es nicht weitergehen! Schrecklich ist nicht nur der Krieg, den eine Handvoll Verbrecher plant, schrecklich ist auch das Fieber der Erwartung, das gegenseitige Mißtrauen, die Lüge, der Haß, die undurchsichtigen Mauern, die ein Volk vom anderen trennen, das Säbelrasseln, die Verwilderung der heranwachsenden Generation, die todbringenden Erfindungen und die wachsende Schutzlosigkeit des Menschen. So kann es nicht weitergehen ...

Ilja Ehrenburg

Nach sieben friedlosen Jahren
Durch Gewitter, Schnee und Föhn
Kam zu uns eine Stimme:
So kann es nicht weitergehn!

Das achte Jahr nach dem großen
Krieg war das dritte schon
Eines neuen Massakers
Und das zweite von Panmunjon ...

In den Träumen der Kinder,
Wo ein Lied übers Abendfeld schwang
Und im Kuß der Verlobten
Rauchte und schrie Phöngjang ...

Und das achte Jahr war das achte
Einer Grenze durch ein Land,
Geschieden war, was sich gefunden,
Vertrautes ward unbekannt.

Dreitausendmal wie oft wohl
Kölns Leid, das Berlin erlitt,
Und jedes für sich; das Messer,
Das Herz vom Herzen schnitt.

Dreitausendmal die Hoffnung
Eines Tags, einer Nacht verweht.
So kann es nicht weitergehen,
Weil die Zeit so schnell vergeht ...

Dreitausendmal wie oft wohl
Gruß und Blick ungesehn, ungetauscht,
Gleiches Lied, das mit den Gewässern
Von Main und Elbe verrauscht ...

Wovon singen unsere Lieder?
Von Trennung und Einsamsein.
Das Schluchzen der Königskinder
Verrauscht mit Elbe und Main.

Dreitausendmal wie oft wohl
Das Wort im Munde verdreht,
Der gute Wille verdächtigt
Und der Friede gehaßt und geschmäht.

Die Monteure stellten den Strom ab.
Die Schnitter verhielten beim Mähn.
Die Pfarrer auf den Kanzeln dachten:
So kann es nicht weitergehn!

Entsinnt euch: vor sieben Jahren
Wiesen alle auf Mörder und Mord.
Sieben Jahre nach dem Kriege
Führt der Krieg das große Wort.

Was nützt es, daß auf den Kindern
Das Herbstlicht heut unsäglich lag ...
Die Regierer und Integrierer
Träumen von Warschau und Prag.

Sie machten aus Deutschland zwei Länder
Und hießen das eine frei
Und ordneten an, daß das andre
Schnell zu befreien sei.

Was nützt einer Stirn ihre Unschuld
Und sein Glanz einem Blick ...
Wer hält die Generäle
Und ihre Mikroben zurück?

Die Menschen auf den Straßen
Bleiben jählings stehn,
Und die Fischer und Fräser sagen:
So kann es nicht weitergehn!

So kann es nicht weitergehen
Mit kaltem und heißem Krieg.
Erhebe sich das Gebeugte!
Und rede, was noch schwieg!

Unerträglich seid ihr geworden
Für das, was euch noch ertrug.
Genug von euren Kriegen
Haben wir und von euch genug!

Wer keine Bombenziele,
Sondern Hochhäuser baut,
Damit man dort aus dem Fenster
Auf andre Hochhäuser schaut;

Die sich am Samstagabend
Gern im Tanze drehn,
Fußballer und Schwimmer sagen:
So kann es nicht weitergehn!

Wer seine Kinder lieb hat,
Den Wald und den Ginsterstrauch,
Wer sich einen ruhigen Schlaf wünscht
Und dem kranken Nachbarn auch;

Die ihre Pfennige zählen
Für das neue Kleid,
Ihren Garten umgraben,
Sagen: Es ist Zeit!

Was in Paris gerufen,
Was in Warschau aufstand,
Will sich vertausendfachen,
Steht zu Wien in Brand.

Gegen die Furcht und die Kriege
Ziehen die Völker nach Wien,
Die Kämpfer und die Müden,
Die altern und die blühn.

Wo sie ziehen, sieht man Tücher
Aus den Fenstern wehn,
Und man sagt: So muß man es machen,
Denn so kann es nicht weitergehn!

Der Kongreß öffnet die Bücher
Einer langen Schuld.
Abrechnet die Geduld der Völker
Und ihre Ungeduld.

Die Forscher und Seeleute,
Die nach fernen Küsten spähn,
Alle sagen es, alle:
So kann es nicht weitergehn!

Das Leben sagt: »Ich will leben!«
Daß es alle verstehn.
»So kann es nicht weitergehn!
Und ich rufe euch nach Wien!
Sie sollen mir die Hand geben,
Alle, die mit mir ziehn!«

Der Granit von Leningrad

Mit den nördlichen Wolken wurden sie hergetrieben,
Blaue Fische der Luft, sie trieben über dem Meer
Zuckend im Netz des November, und im Abend schrieben
Vogelschatten auf Quais Parabeln aus Teer.
Zog da aus den Gewässern der Duft vergessener Liebe,
Kreiste auf Avenuen das dröhnende Rad
Der mitleidlos von den Händen des Lichts erfaßten Betriebe,
Standen versinkend, erstarrt im Granit wir von Leningrad.

War es nicht Frühling? Doch wie auf alten Fotografien
Unausdeutbar Gesichter und Jahreszeiten entstehn,
Sprang der Wind an der Kathedrale steinernen Knien
Um und November November begann zu wehn.
An unsern Herzen wärmten wir uns wie die roten Gardisten,
In die Farben der Wut zerbarst die erschütterte Stadt,
Es erfroren die Kessel, und wir tranken den ungesüßten
Mitternachtstee im Granit von Leningrad.

Und die Stunde des Smolny schlugen wieder die Uhren
Aller Länder. Mit Albatrossen aus Stahl
Fleckten sich die Paläste. Wir folgten den feurigen Spuren
Des Maxim, als jählings des Mondes grünes Signal
Auf den goldenen Nadeln flammte. Aus Höfen und Toren
Zog unendlich ins Sichtlose hin sich die tödliche Naht.
Vom Gewitter des Lebens zerspellt, verzehrt, verloren
Brach das Auge des Feinds im Granit von Leningrad.

Stadt in korallener Nacht, da die Söhne das Antlitz der Väter
Tragen, Heersäulen aus knarrendem Leder und rotem Tuch,
Immer wieder, wenn von Westen das dröhnende Wetter
Herschritt mit eiterndem Licht und brandigem Ruch.
Auf den Stufen der Wolken sprengte der eherne Reiter.
Wenn aus der Kehle der Mörser Kirow wie Nordlicht trat,
Shdanow zum Sturm schrie, stürzten bitterer, breiter
Güsse aus Tränen und Zorn vom Granit von Leningrad.

Auf dem Weg der Gezeiten, an dem sich die Toten begegnen,
Wenn die Lampe der Schlaflosigkeit das Papier berußt,
Tritt an die Fenster Tanja, auf die Flußnebel regnen,
Weiß die Rose des Hungers an eisiger Brust.
Unaufhaltsam entwirrt diese Nacht die Visionen,
In den elektrischen Hallen wächst die entfesselte Tat
Unter den Händen, die miteinander wohnen:
Frühlicht und Nacht im Granit von Leningrad.

Epon

Als lägen all diese Jahre nicht hinter ihnen
Mit Namen: Zorn, Schweigen, Mord, Rache und Raub;
Als sei dieser Morgen nur Sommer und Wind und Bienen;
Als webten Phantome nicht schon für sie Schleier aus Tränen und
Staub,

So gehen sie hin, im Rücken ein Knistern von Gesprächen.
Das Leben zieht selbst seine Grenze. Schön überm Meer
Rufen geflügelte Stimmen. Und aus den Wäldern brechen
Die großen Stürme, gehn neben ihnen her.

Sie sehn im thessalischen Mittag die Trauben am Wege
Von Panzerketten zermahlen. Es kreischt der Milan
Auf die verlassenen Dörfer, wie Hobel und Säge
Hinterm Gefängnis schrein, wenn die Erschießungen nahn.

Über die Kruste weg, wie einen Reim zum Zählen,
Sagen die Kinder Grammos! wie ein Spiel, das beginnt.
Die Eltern verbieten es. Doch ihre Lippen quälen
Sich in der Stille, die wie Milch blau gerinnt.

Sie gehen hin, die Achäer, sie, die immer nur meinten,
Daß die Freiheit die Farbe des Blutes überall trägt.
Ihr Leib noch spricht lautlos von Freiheit, der lange beweinten,
Mit den Mündern der Wunden, hinter denen kein Herz mehr schlägt.

Sie heißen wie Götter oder auch Helden mit Stab und Harpune.
O Monedas, den man Menelaos genannt:
Der dir die Geliebte entriß, steht schwarz über Hain und Lagune,
Und sein fremdes Geschütz durchpflügt den Danaerstrand.

Das Öl der Athleten siedet furchtbar in Kesseln,
Es kleidet die Mädchen in Flammen. Die Tore des Lebens falln zu.
Geopferte, die keine Ängste und keine Verführung mehr fesseln,
Ich weiß deinen Namen noch, Marta Stefanidu.

Wie einen Mantel haben den Tod sie sich um die Schultern
geschlagen.
Sie trinken die Zukunft durstig, als sei sie schon da.
Schon überrollt sie der Strom von Schreien und Schüssen und Tagen,
Und ihr Schweigen erzählt die Legende Attika.

Inhalt

Die großen Städte

Die Vögel und der Test

Die Erinnerung

Aurora